Der war's

Juli Zeh · Elisa Hoven

Der War's

Mit Bildern von
Lena Hesse

CARLSEN

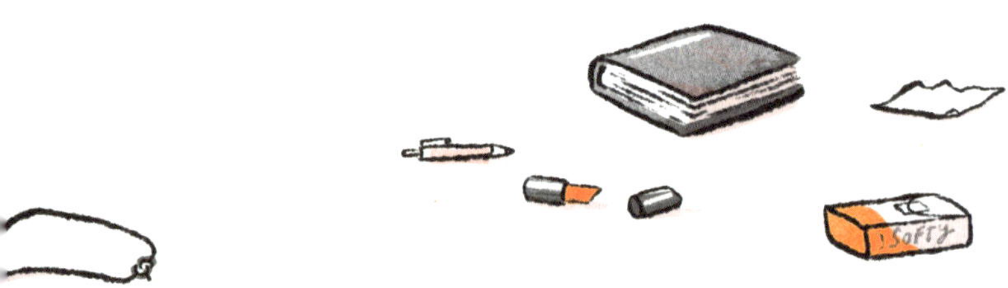
Softy

Für Elfi und Peter,
die auch im echten Leben zusammengehören,
für Sebastian, den weltbesten Ehemann und Sportlehrer,
und für Ella und Mio, die jetzt endlich wissen,
was ihre Mutter beruflich macht.

Für Ada und Nelson,
die am liebsten Hotdogs essen und denen
Gerechtigkeit so wichtig ist.

INHALT

Das verschwundene Supersandwich

„Wer hat schon wieder mein Supersandwich geklaut?“

Marie bebt vor Wut. Zum zweiten Mal diese Woche ist ihr Schulbrot weg. Genau genommen ist *Schulbrot* ein bisschen untertrieben. Maries Mutter erschafft jeden Morgen ein anderes Wunderwerk und packt es in braunes Papier mit dem Aufdruck: *Super essen – super leben!*

Zum Beispiel Vollkornbrot mit Auberginen-Couscous-Petersilien-Aufstrich. Oder Kürbisbrot mit Rucola-Creme und Pinienkernen. Marie ist stolz auf ihre Supersandwiches, denn niemand in der

Klasse hat so tolle Brote wie sie. Aber jetzt liegt das Papier zerrissen neben Maries Schulrucksack auf dem Boden. Nur die Wörter *Super – super* sind noch lesbar. Das Sandwich ist verschwunden.

Sofort kommt die halbe Klasse angelaufen und umringt den Ort des Verbrechens. Kein Wunder, denn Marie ist das beliebteste Mädchen der 6a. Seit Neuestem ist sie auch noch Klassensprecherin. Bei der Wahl bekam sie immerhin zwei Stimmen, während alle anderen nur eine erhielten. Das lag daran, dass sich alle Kinder selbst gewählt hatten. Bis auf Konrad, für den niemand stimmte. Nicht einmal er selbst.

„Unfassbar! So ein Verbrechen!“, ruft Elfi oder Pinar oder Chloe. Die drei Mädchen

aus Maries Clique sehen sich mittlerweile so ähnlich, dass man sie kaum noch unterscheiden kann. Jeden Abend schreibt Marie in der Supergirls-Gruppe, was die Clique am nächsten Tag anziehen wird.

Heute tragen alle die gleiche karierte Bluse.

„Nichts berühren!“, schreit Torben und drängt sich neben Marie. Er trägt die Jeans tief auf der Hüfte und ist auch ansonsten ziemlich cool. Weil sein Vater Polizist ist, fühlt sich Torben für alles zuständig. Vor allem für Marie.

„Ich werde den Täter finden!“, verkündet er. „So

lange kannst du mein Pausenbrot haben.“ Er drückt ihr seine Nutella-Stulle in die Hand, die Marie angeekelt zur Seite legt, während die Supergirls synchron die Augen verdrehen. Torben merkt das gar nicht, denn er untersucht das zerrissene Papier.

„Hier hatte es jemand verdammt eilig“, murmelt er.

„Spiel dich doch nicht so auf“, sagt Mika.

Die Supergirls machen große Augen: Na so was, Mika kann sprechen! Tatsächlich kommt es nicht häufig vor, dass Mika etwas sagt. Nicht einmal im Unterricht. Dabei ist er mit Abstand der Klassenbeste. Weil er in Mathe bereitwillig abschreiben lässt, wird er von den anderen nicht geärgert. Aber Torben zu widersprechen, ist schon ein starkes Stück.

„Ist doch nur ein blödes Brot", murmelt Mika und versteckt sich wieder hinter seinem Comic-Heft. Neben ihm sitzt Konrad und scheint überhaupt nichts mitzukriegen. Er ist zu beschäftigt mit seinem eigenen Pausen-Snack: einem Schokoladencroissant mit Vanillepuddingfüllung. Erst als er den letzten Bissen genüsslich verzehrt hat, bemerkt er, dass ihn die anderen anstarren.

„Der hat aber ziemlich viele Krümel auf dem Pulli", meint Chloe oder Elfi oder Pinar.

„Kann ich mal sehen?", fragt Torben. Er zieht Konrad vom Stuhl und versucht, eine Krümelprobe von seinem Pullover zu nehmen, während sich Konrad hektisch mit den Händen über den Bauch wischt. Irgendwie spannt der Pullover ziemlich, bestimmt hat ihn seine Mutter zu heiß gewaschen.

„Ziemlich verdächtig“, zischt Torben, doch da klingelt es zur vierten Stunde.

Mit energischen Schritten betritt ein grauhaariger Mann den Klassenraum und pfeffert seine Tasche auf den Lehrertisch. Dann verjagt er den Schulhund

Hartmut, der es sich unter dem Tisch bequem gemacht hatte. Hartmut gehört Hausmeister Hirtentanz und darf sich auf dem Schulgelände frei bewegen, seit eine Studie aus Dänemark herausgefunden hat, dass Schulhunde die Lernfähigkeit von Kindern erhöhen.

„Wer ist das denn?“, tuscheln die Supergirls so laut, dass es der Grauhaarige hört.

„Na, ich bin’s doch“, ruft er, „Herr Schindelbart-Bunsemann! Euer Klassenlehrer!“

Alle schauen verwundert. Seit Anfang des Schuljahres gab es eigentlich nur Vertretungsunterricht. An Herrn Schindelbart-Bunsemann kann sich niemand so richtig erinnern. Marie meldet sich und beginnt gleichzeitig zu sprechen, wie sie es immer macht.

„Gut, dass Sie hier sind, Herr Schinselmann-Bundelbart …"
Der Lehrer unterbricht: „Schindelbart-Bunsemann!"
Die Supergirls werfen sich genervte Blicke zu.
„Wie auch immer. Ich möchte", Marie macht eine dramatische Pause, „einen Diebstahl melden!"
„Das heißt Anzeige erstatten", flüstert Torben, aber Marie beachtet ihn nicht. Sie beschreibt das verschwundene Supersandwich in aller Ausführlichkeit, wobei sie mehrfach das Wort „herausragend" verwendet.
„Wer hat das Brot genommen?", fragt der Lehrer.
Einige Kinder drehen sich vorsichtig zu Konrad um.
„Niemand?", fragt Herr Schindelbart-Bunsemann. „Na, dann wird sich das wohl nicht klären lassen."

OFEN-FRISCH
REGIONAL
BIO
HEU-MILCH
nom nom
HANDGERÜHRT!
Sun-kissed
Fleur de Sel
SNIP SNIP

„Wie bitte?“ Empört wirft Marie ihre blonden Locken zurück. „Damit das klar ist, ich kann das auch meiner Mutter erzählen. Als Vorsitzende des Elternrats wird es sie sicher interessieren, was die Schule gegen Kriminalität unternimmt!“

Die Supergirls nicken zustimmend. Der Klassenlehrer seufzt.

„Wir machen jetzt ein schönes Online-Lernquiz“, sagt er. „Wenn ich nur dieses Smartboard anbekommen würde ...“

Ungeduldig tippt er auf der Fernbedienung herum. Aber das Smartboard ist schon seit drei Monaten kaputt. Hausmeister Hirtentanz hat erklärt, dass erst noch zwei weitere kaputtgehen müssen, weil der Mann vom Service sonst nicht kommt.

„Na, wenn es defekt ist, kann es natürlich nicht angehen“, stellt Herr Schindelbart-Bunsemann fest. Kurz muss er überlegen, denn etwas anderes hat er nicht vorbereitet. „Ich hab's“, sagt er schließlich. „Wir gehen in den Medienraum und schauen einen hochinteressanten Film.“

„*Star Wars?*“, fragt der kleine Phil.

„*Schule der magischen Tiere!*“, schlägt Lotta vor.

„Viel besser“, sagt Herr Schindelbart-Bunsemann. „Der Film heißt: *Photosynthese leicht gemacht.*“

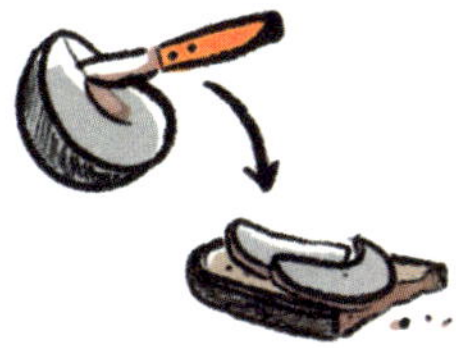

Noch mehr verschwundene Sandwiches

Zwei Tage später verschwindet Maries Bärlauch-Ingwer-Dinkel-Brot, in der Folgewoche ihr Rote-Bete-Brot mit Magerquark und schließlich der Avocado-Sellerie-Wrap.

„Es reicht!", schimpft Marie auf dem Pausenhof. Die Supergirls, heute alle mit dem gleichen Seitenzopf, nicken empört.

„Warum wird eigentlich immer nur dir das Brot gestohlen?", fragt Pinar.

„Das ist doch wohl klar, meine Mutter macht die

herausragendsten Sandwiches der ganzen Stadt!", zischt Marie.
„Absolut! – Total! – Ohne Frage!", bestätigen die Supergirls.
„Die Schule versagt! Wir müssen handeln", meint Marie.
„Verbrechensprävention", sagt Torben, der vorsichtig an die Clique herangetreten ist. „Viele Straftaten kann man durch Selbstschutz verhindern. Zum Beispiel kann man sein Eigenheim durch ein gutes Schloss sichern und ..."
Da unterbricht ihn Marie: „Ich liebe es, wenn mir ein Junge die Welt erklärt."
Torben strahlt und legt zwei Finger an eine imaginäre Mütze: „Gern geschehen!"
„Aber die Idee ist nicht schlecht", meint Marie. „Keiner folgt mir!"
Sie läuft zurück zum Schulgebäude, während ihr die Supergirls gekränkt nachsehen. Der Klassenraum der 6a ist leer – bis auf Konrad, der am Fenster steht und aufmerksam hinausschaut. Marie beobachtet

ihn eine Weile. Konrad wirkt konzentriert, ganz in Gedanken versunken. Marie tritt neben ihn.
„Was machst du da?"
„Sieh mal, da unten!" Konrad zeigt in die Kronen der Ahornbäume. „Da sitzt ein Distelfink!"
Marie braucht eine Weile, bis sie ihn entdeckt: einen kleinen Vogel mit knallrotem Gesicht.
„Der sieht ja lustig aus!", findet sie.
„Ja, oder?" Konrad strahlt. „Ich frage mich, warum er allein ist. Distelfinken sind eigentlich sehr gesellig. Sie essen, schlafen und brüten gemeinsam."
„Du weißt wohl einiges über Vögel."
Konrad lächelt geschmeichelt.
„Aber jetzt musst du trotzdem raus", meint Marie.
„Ich habe hier etwas zu erledigen."
Obwohl Konrad den Schulhof nicht mag, verlässt er gehorsam den Klassenraum. Marie nimmt ihr Supersandwich und versteckt es in Chloes Rucksack, ganz unten, direkt unter Chloes eigener Brotbox. Sie wirft einen kurzen Blick hinein. Offensichtlich haben Chloes Eltern versucht, das Brombeer-Haselnuss-

Kürbisbrot nachzumachen, das Marie letzte Woche dabeihatte. „Traurig“, stellt sie beim Anblick des matschigen Häufchens fest.
Sie geht hinaus, streichelt Hartmut Hund, der ihr auf dem Gang entgegenkommt, und tritt auf den Schulhof, wo die Supergirls unschlüssig herumstehen, weil sie noch keine Anweisungen für die Hofpause bekommen haben.
„Mädchen gegen Jungs!“, ruft Marie – und alle rennen los.
Als die Pause vorbei ist, hört Marie schon auf dem Flur, wie Chloe entzückt zu kreischen beginnt: „Oh mein Gott! Es hat mich getroffen! Ich fasse es nicht!“
Tatsächlich wurde Chloes Rucksack umgestoßen und ausgeleert, Hefte und Federmäppchen liegen auf dem Boden. Marie sieht es sofort. Chloes Stullenbüchse ist unberührt, aber das braune

Papier ist leer. Dieses Mal ist die Aufschrift noch gut zu erkennen: *Super essen – super leben!* Plötzlich kommen Marie die Tränen, weil der ausgekippte Rucksack so brutal aussieht oder weil sie furchtbar wütend ist, oder vielleicht auch einfach vor Hunger. Torben kniet am Boden und macht die Beweisaufnahme. „Chloes Brot ist noch da“, meldet er. „Anscheinend hat es der Täter wirklich nur auf die Sandwiches von Maries Mutter abgesehen.“

„Oder auf Marie“, sagt Chloe spitz, die den

Rucksack wieder einräumen muss, ohne das Opfer sein zu dürfen.
„Ich glaube, Konrad verbringt die Pausen meistens im Klassenraum“, sagt Marie langsam. „Vögel beobachten oder so.“ Sie fühlt sich schlecht, weil sie das sagt, aber schließlich ist es die Wahrheit.
„Passt zu meiner Theorie“, meint Torben und ergänzt die Notizen in seinem Heft.

In den nächsten Tagen betreibt Marie mit Torbens Hilfe weitere Prävention. Sie versteckt das Supersandwich unter dem Schrank, hinter den Gardinen, und einmal stülpt sie sogar den leeren Mülleimer darüber. Es hilft alles nichts, das Brot ist jedes Mal weg.
Als sich Herr Schindelbart-Bunsemann mal wieder in der Klasse 6a blicken lässt, stellt Marie ihm ein Ultimatum:
„Herr Bartschindel-Hansemann, ich werde seit Tagen bestohlen! Entweder Sie ermitteln jetzt den Täter, oder ich schicke meine Mutter zum Direktor!“

Herr Schindelbart-Bunsemann hat keine Ahnung, worum es gehen könnte. Außerdem ist er vollauf damit beschäftigt, seinen Laptop hochzufahren, mit dem er endlich das Online-Lernquiz zeigen will. Woran er sich sehr wohl erinnern kann, ist Maries Mutter, die sich auf der letzten Schulversammlung lautstark über die vielen Vertretungsstunden beschwert hat. Das möchte er nicht noch einmal erleben. Ernst schaut er in die Klasse.

„Ich zähle bis drei. Wenn sich der Täter bis dahin nicht meldet, fällt die ganze Woche der Sportunterricht aus, und stattdessen macht ihr Mathe. – Eins!"

Die Klasse protestiert empört. „Total unfair! Wieso sollen wir alle bestraft werden?"

„Zwei!", sagt Herr Schindelbart-Bunsemann.

„Sportunterricht ist wichtig für Persönlichkeitsentwicklung und Selbstwirksamkeitserfahrung!“, ruft der kleine Phil. „Das hat eine dänische Studie bewiesen!“
Mehrere Kinder applaudieren, und Phil wird ein bisschen rot.
„Zweieinhalb!“, sagt Herr Schindelbart-Bunsemann.
„Der Täter soll sich melden!“,

schreit Torben und dreht sich deutlich nach Konrad um. „Oder ist es vielleicht jemand, der sowieso keinen Sport mag?“
Unter den wütenden Blicken der Klasse sinkt Konrad auf seinem Stuhl zusammen.
„Drei“, sagt Herr Schindelbart-Bunsemann. „Ihr habt es nicht anders gewollt.“
„Das wirst du büßen“, zischt jemand, und alle wissen, wer gemeint ist.
„Ruhe, wir machen jetzt Unterricht“, sagt Herr Schindelbart-Bunsemann.
Doch dann ist der Akku des Laptops leer, und das Ladegerät lässt sich nicht finden. Gott sei Dank gibt es im Medienraum noch eine DVD mit einer spannenden Dokumentation über antike Töpferware.

Der war's

Am nächsten Morgen kommen Torbens Eltern aus dem Staunen nicht heraus. Ihr Sohn, der sonst kaum aus dem Bett zu kriegen ist, steht schon um 7 Uhr fertig angezogen in der Küche.

„Was ist denn mit dir los?“, wundert sich Torbens Vater, der in seiner Polizeiuniform die Treppe herunterkommt.

„Heute kein Frühstück, Papa!“, ruft Torben, schon auf dem Flur. „Mich erwartet wichtige Ermittlungsarbeit.“ Und schon ist er aus der Tür.

„Der Junge wird erwachsen“, murmelt Torbens Vater wehmütig, während er ihm nachsieht.

Torben schnappt sich seinen Roller und macht sich

auf den Weg. Nicht zur Schule, sondern erst einmal drei Straßen weiter, zu Konrads Haus. Konrad ist erst seit einem halben Jahr an der Schule, seine Eltern haben das schöne rote Eckhaus gekauft, das lange leer stand. Torben versteckt sich hinter einem Baum und wartet. Sein Plan ist einfach und schlau, so wie gute Pläne sein sollten. Er wird Konrad so lange beschatten, bis er ihn auf frischer Tat ertappt. Dadurch wird er nicht nur Marie retten, sondern auch den Sportunterricht. Denn beim Sportunterricht hört der Spaß endgültig auf. Wenn Torben das schafft, werden ihn alle lieben. Vor allem Marie. Und das ist es, was er sich am allermeisten wünscht.

Die Tür am roten Eckhaus geht auf, und die Zielperson tritt heraus. Die Zielperson, das ist Konrad, also der, der beobachtet wird. Gerade verabschiedet er sich von seinen Eltern.

„Ziemlich moppelig, die ganze Familie“, murmelt Torben. Eigentlich sehen alle drei ziemlich nett aus. Gar nicht wie Diebe. Aber darauf darf man nicht achten, das weiß Torben von seinem Vater. Nett aussehen kann jeder, sagt der immer. Dreck hat man am Stecken, nicht im Gesicht.

Die Zielperson setzt sich in Bewegung, und Torben folgt unauffällig. Er macht das echt gut, findet er. Jedenfalls merkt Konrad nichts. Allerdings brauchen sie für den Weg zur Schule ganz schön lange. Ständig bleibt Konrad stehen und schaut in die Baumkronen hinauf. Was gibt es da bloß zu sehen? Stullen wachsen doch nicht auf Bäumen. Vielleicht will Konrad über die Äste der Bäume in Häuser einsteigen und ganze Kühlschränke ausräumen? Aber dafür ist er eigentlich zu unsportlich. Torben macht sich Notizen. Gerade hat Konrad wieder angehalten und geht in die Hocke.

Jetzt hat er einen Schokoriegel gefunden, denkt Torben.

Aber Konrad zieht ein Paar Handschuhe aus der Tasche, streift sie über, hebt vorsichtig etwas vom Boden auf und trägt es ins Gebüsch. Wenn Torben sich nicht irrt, hat seine Zielperson gerade ein

Vogelbaby in Sicherheit gebracht. Das ist ja ganz süß, aber bei der Aufklärung des Falls hilft es nun gar nicht weiter.

Endlich erreichen sie die Schule, und Torben muss seine Observation einstellen. Vorübergehend.

Erst haben sie eine Doppelstunde Mathe, danach eine Doppelstunde Sport, die wie angedroht durch eine Doppelstunde Mathe ersetzt wird. Eine ziemliche Katastrophe, obwohl Sport in letzter Zeit sowieso nicht mehr so viel Spaß macht. Herr Hulk, der junge Referendar, lässt sie nicht mehr Fußball spielen. Er hat ihnen erklärt, dass Fußball viel

zu kompetitiv sei: „Wenn einer gewinnt, müssen die anderen verlieren, und die sind dann traurig und fühlen sich schlecht."
Eigentlich findet Herr Hulk zwar, dass Gewinnen und Verlieren ziemlich normal sind und dass man lernen sollte, mit Erfolg und Niederlage umzugehen. Aber er ist noch kein fertiger Lehrer, und deshalb muss er das tun, was im neuen Leitfaden seiner Ausbildungsordnung steht. Deshalb spielen sie im Sportunterricht auch nicht mehr Volleyball oder Basketball, machen keine Wettläufe, keinen Weitsprung und schon gar nicht Judo oder Badminton. Eigentlich nur noch freie Gymnastik oder Zumba mit Musik. Da sind wenigstens alle gleich schlecht. Trotzdem ist das immer noch besser als Mathe.
Herr Hulk lässt sie also zwei Stunden lang Aufgaben im Arbeitsheft rechnen. Die Klasse stöhnt. Immer wieder schauen sich die Kinder nach Konrad um. Manche verdrehen die Augen, einige zeigen ihm

einen Vogel. Auch Papierkügelchen fliegen in seine Richtung.

Als es endlich zur Mittagspause klingelt, stürmen alle hinaus, um sich beim Fangenspielen richtig auszutoben. Nur Torben versteckt sich im Gang hinter dem Getränkeautomaten und beobachtet, wie Konrad ganz zum Schluss den Raum verlässt und Richtung Toiletten verschwindet. Dann kommt nur noch Herr Hulk aus dem Klassenzimmer, ohne abzuschließen, weil es schon lange nicht mehr genug Zentralschlüssel für alle gibt, schon gar nicht für Referendare.

Torben wartet und fängt gerade an, die Ermittlungsarbeit extrem nervtötend zu finden – soll er jetzt die ganze Pause in diesem Winkel verbringen? –, da passiert es: Die Zielperson kehrt zurück. Konrad kommt den Gang herunter, sieht sich verstohlen um, ob die Luft rein ist … Ganz offensichtlich führt er etwas im Schilde. Als er den Klassenraum betritt, schleicht Torben zur angelehnten Tür, die Handykamera schon im

Anschlag. Tatsächlich kniet Konrad neben Maries Sitzplatz und ist gerade dabei, ihren Rucksack zu öffnen. *Klick-klick-klick-klick!* Das Handy schießt eine Fotoserie.
Dann reißt Torben die Tür auf und schreit: „Hände hoch, du bist verhaftet!“
Konrad läuft knallrot an und lässt den Rucksack los. Torben rennt zum Fenster, reißt es auf und ruft, so laut er kann: „Der Brotdieb ist gefasst!“
Es dauert keine zwei Minuten, und alle Schüler der 6a sind in der Klasse, völlig außer Atem. Konrad

steht in der Mitte und ist immer noch knallrot im Gesicht.

„Auf frischer Tat ertappt!", triumphiert Torben.

„Aber ich wollte doch gar nicht ...", setzt Konrad an, doch die aufgebrachte Marie unterbricht ihn:

„Warst du an meinem Rucksack oder nicht?"

„Ja, schon, aber ..."

Weiter kommt Konrad nicht. Elfi, Pinar und Chloe,

heute in einheitlich hellblauen Kleidern, plappern aufgeregt durcheinander.
„Bodenlos, Diggah!“
„Oh – my – god!“
„Boooah, was!“
„Als ob der zu Hause nicht genug zu essen kriegen würde!“
Marie schaut Konrad komisch an. Fragend und irgendwie enttäuscht. Das tut am meisten weh.
Mit hängenden Schultern schlurft Konrad aus der Klasse.

Habt ihr schon gehört …?

Wenn die Soko von Torbens Vater einen Ermittlungserfolg zu verbuchen hat, dann gibt sie eine Pressekonferenz. Das macht Torben jetzt auch, und zwar per WhatsApp an alle Schüler der Morgenschein-Schule. Er verschickt das Foto von Konrad mit Maries Rucksack und schreibt darunter: „Riesenerfolg von Sonderermittler Torben: Konrad als Brotdieb enttarnt!“ In allen Taschen vibrieren die Handys. Am Nachmittag gibt es schon die ersten lustigen Bilder, die ältere Schüler auf ihren Handys gebastelt haben und auf TikTok teilen. Eines zeigt Konrad auf einem Berg belegter

Brote. Auf einem anderen sieht man Konrad mit Mopsgesicht, darunter steht: „Der Mops mopst!“
Die Supergirls vergeben für alle Beiträge Herzchen und teilen alles auf ihren Instagram-Accounts, und so vibrieren die Handys der Schüler bald im Minutentakt. Das Beweisfoto von Konrad und Maries Rucksack installieren sich manche sogar als Bildschirmhintergrund.
Als Konrad am nächsten Morgen zur Schule kommt, kichern und tuscheln die Schüler, an denen er vorübergeht. Sogar die Knilche aus der Fünften rufen: „Der Mops mopst!“, und lachen sich halb tot.

Seit Konrad auf der neuen Schule ist, hat er noch keine Freunde gefunden. Seine Eltern sagen immer, dass er Geduld haben muss. Aber er hat das Gefühl, dass ihn die anderen nicht mögen, und er glaubt nicht, dass Geduld da weiterhilft. Er würde so gerne dazugehören, aber weiß nicht, wie er das anstellen soll. Wenigstens haben ihn die anderen immer in Ruhe gelassen. Manchmal hat er sich gefühlt, als wäre er unsichtbar. Er dachte, das sei schlimm. Aber wirklich schlimm ist, was jetzt passiert. Öffentlich ausgelacht zu werden. Sich als Schandfleck der Schule zu fühlen.

Im ersten Stock bleibt Konrad am Flurfenster stehen und beobachtet konzentriert eine Gruppe Spatzen, die gemeinsam in einer flachen Pfütze am Rand des Schulhofs baden. Die kleinen Vögel sehen fröhlich aus, und obwohl sie sich manchmal ums Futter streiten, scheinen sie sich insgesamt doch ziemlich gut zu verstehen. Konrad rührt sich nicht vom Fleck, bis es klingelt, und huscht als Letzter in die Klasse. Die Pausen verbringt er auf der Toilette, sitzt auf dem heruntergeklappten Klodeckel und stützt den Kopf in die Hände. Bis Hausmeister Hirtentanz ihn erwischt.

„Das Klo ist kein Aufenthaltsraum!“, schreit Hirtentanz, dass es von den gekachelten Wänden widerhallt. Er scheucht Konrad auf den Hof, gefolgt von Hartmut Hund, der ihn mitfühlend ansieht.

НЕТ ВОЙНЕ
THERE IS NO PLANET B
KEEP CALM
DER MOPS MOPST!
H+T

Währenddessen erzählt Saskia aus der 5b, die in der gleichen Straße wie Konrad wohnt, ihrem besten Freund Mehmet aus der 5a, dass Konrads Familie erst vor einem halben Jahr hergezogen ist.
„Meinst du, sie mussten weg, weil Konrad auf seiner alten Schule auch schon gestohlen hat?", fragt Mehmet.
„Möglich ist alles", antwortet Saskia. Das sagt ihr Vater immer, wenn sie fragt, ob es Gott gibt oder ob sie irgendwann ein eigenes Pferd bekommt oder ob die Erde eines Tages in die Sonne stürzt. Möglich ist alles.
Sofort läuft Mehmet zu seiner Schwester Tami aus der 7b, die eigentlich nicht will, dass er sie vor ihren Freundinnen auf dem Hof anspricht, weil ihr das peinlich ist. Aber die neue Info ist einfach zu wichtig.
Mehmet flüstert: „Habt ihr schon gehört? Es ist möglich, dass Konrad bei seiner alten Schule rausgeflogen ist, weil er dort auch Sachen geklaut hat."
Die Freundinnen sind beeindruckt, und Tami teilt

die Erkenntnis gleich in ihrer WhatsApp-Gruppe, in der auch Elfi, Chloe und Pinar sind: „Breaking News: Konrad musste seine frühere Schule wegen Diebstahls verlassen.“

Elfi, Chloe und Pinar halten Marie ihre Handys mit den neuesten Nachrichten unter die Nase: „Jetzt wundert einen doch gar nichts mehr!“

Konrad musste seine frühere Schule wegen **Diebstahls** verlassen!

Die Meldungen kommen laufend herein: Habt ihr schon gehört? Konrad soll im Kindergarten den anderen Kindern die Quetschies weggenommen haben. Und Linda aus der 8a weiß angeblich, dass er in der *Schnitzelstube* Hausverbot hat, weil er immer die Pommes von den Nachbartischen wegisst.

„Gut, dass wir jetzt Bescheid wissen. Wer weiß, was sonst noch passiert wäre“, meint Chloe.

Marie nickt geistesabwesend und schaut zu Konrad hinüber, der am Rand des Schulhofs neben einer flachen Pfütze steht, an der kein einziger Spatz mehr sitzt. Plötzlich tippt ihr jemand auf die Schulter. Es ist Mika.

„Woher wisst ihr überhaupt, dass es Konrad war?“, fragt Mika. „Hat er es zugegeben?“

„Alter, du wirst echt gesprächig in letzter Zeit“, stellt Torben fest und tritt neben Marie.

„Er hat zugegeben, dass er an meinem Rucksack war“, sagt Marie ruhig. „Was soll er da sonst gesucht haben?“

„Frag ihn doch einfach“, schlägt Mika vor.

„Frag ihn doch selber“, sagt Marie.

„Mit Kriminellen kann man nicht reden.“ Torben lehnt sich an Marie. „Die lügen natürlich, sonst wären sie ja nicht kriminell.“

Die Supergirls nicken. Seit die Konrad-Sache läuft, nicken sie häufig, wenn Torben etwas sagt.

Mika schaut sich um. Normalerweise hält er sich aus

allem raus. Er mag keinen Streit und hat am liebsten seine Ruhe. Aber ihm gefällt nicht, wie die Sache mit Konrad läuft. Konrad ist nicht sein Freund, und Mika weiß auch nicht, ob er der Täter ist oder nicht. Aber er wirkt traurig, fast verzweifelt, und davon bekommt Mika ein komisches Gefühl im Bauch.
Er kennt auch ein Wort dafür: Ungerechtigkeit. Er wusste gar nicht, dass einem von Ungerechtigkeit übel werden kann, sogar dann, wenn sie einen nicht selbst betrifft. Er beschließt, Konrad zu fragen, was er an Maries Rucksack gemacht hat. Vielleicht gibt es eine Erklärung, auf die noch niemand gekommen ist.
Aber Konrad ist nicht mehr da. Eben stand er noch am Rand des Schulhofs, jetzt ist er weg. Mika schüttelt den Kopf, vor allem über sich selbst. Torben hat recht, in letzter Zeit wird er gesprächig. Er spürt einen starken Drang, Konrad zu verteidigen. Nicht weil er denkt, dass Konrad bestimmt unschuldig ist. Sondern weil der ganz allein dasteht.
In diesem Augenblick geht oben in der Klasse 6a ein

Fenster auf. Der kleine Phil schreit heraus: „Hier liegen überall braune Papierfetzen herum! Ich glaube, Maries Supersandwich ist schon wieder weg!“

Denkzettel

Der kapiert es einfach nicht, denkt Torben, und dann sagt er es auch: „Der kapiert es einfach nicht!"
Die anderen nicken. Neben Torben steht der kleine Phil, der vor Stolz auf seine Entdeckung fünf Zentimeter gewachsen ist. Dazu der starke Lukas mit Totenkopf-Klebetattoo auf dem Oberarm und Anna, die besser Fußball spielt als alle Jungs zusammen.
„Herr Bartbunsel-Schinselmensch macht eh nichts", sagt Lukas.
„Meine Mutter ist auch Lehrerin", bemerkt Anna. „Sie sagt, die sind alle ganz schön überlastet."
„Ist doch jetzt egal", schnauzt Torben. „Wir müssen die Sache selbst in die Hand nehmen."

„Einen Denkzettel erteilen“, findet Lukas.

„Für Gerechtigkeit sorgen“, ergänzt Torben. „Und andere Täter abschrecken!“, findet der kleine Phil.

„Früher hat man Dieben die Hand abgehackt“, behauptet Anna. „Als Strafe und zur Abschreckung.“

„Hat es funktioniert?“, erkundigt sich Lukas. Anna zuckt die Achseln.

„Wir hacken aber nichts ab“, sagt Torben. „Nur eine kleine Abreibung, damit das Klauen aufhört.“

Sie haben sich bei den Fahrradständern versteckt, hinter der Turnhalle, wo Konrad immer vorbeikommt, wenn er die Schule verlässt. Die letzte Stunde ist vorbei, Schüler strömen aus dem Gebäude und gehen in alle Richtungen davon. Auf dem Lehrerparkplatz geben Frau Diese und Frau Martingall dem jungen Kollegen Hulk ein paar pädagogische Konzepte mit auf den Weg.

„Die kriegen nichts mit.“ Phil ist ziemlich aufgeregt. Er darf oft nicht mitmachen, weil er so klein ist. Jetzt will er seine Chance nicht vermasseln. Er hüpft auf der Stelle. „Wir ziehen das durch.“

Als Konrad um die Ecke biegt, treten ihm die vier Kinder in den Weg.

„Da ist ja der Schuldieb“, sagt Torben.

Konrad bleibt stehen und schaut zu Boden.

„Schuldieb!“, wiederholt Lukas.

Anna stößt Konrad gegen die Schulter, damit er hochschaut.

„Glaubst du wirklich, du kannst hier ungestraft klauen?", fragt Torben. „Glaubst du, das geht immer so weiter?"

Konrad sagt nichts, er versucht auch nicht wegzulaufen. Er steht nur da mit hängenden Armen und schaut schon wieder auf seine Schuhe. Dass Konrad sich nicht verteidigt, macht Lukas richtig wütend.

„Bist du taub?", schreit er und stößt Konrad mit beiden Händen vor die Brust. Konrad taumelt rückwärts.

„Nicht so laut", zischt Anna und späht zu den Lehrern hinüber.

„Sie müssen darauf achten", belehrt Frau Diese den jungen Herrn Hulk, „dass sich wirklich jeder Schüler als Teil der Klassengemeinschaft erlebt."

„Du lässt das jetzt bleiben", sagt Anna zu Konrad. „Dann passiert dir auch nichts."

Endlich spricht Konrad: „Ich habe nichts geklaut."

„Mann, lass das Lügen!“ Torben hat genug von den Spielchen. „Du klaust nie wieder ein Brot, verstanden? Und damit du kapierst, dass wir es ernst meinen …“

Dieses Mal schubst er Konrad so heftig, dass dieser rückwärts gegen eine Linde taumelt. Er versucht,

sich am Baumstamm festzuhalten, aber Phil stellt ihm ein Bein, und Konrad landet auf dem Boden. Er lässt ein leises Stöhnen hören.

Lukas legt sich auf ihn und nimmt ihn in den Schwitzkasten. Anna, die Fußballerin, tritt gegen Konrads Bein.

„Integration und Inklusion sind alles“, sagt Frau Martingall zu Herrn Hulk.
Phil hüpft unschlüssig auf und ab, und weil ihm nichts Besseres einfällt, wirft er Konrad, der immer noch unter Lukas liegt, eine Handvoll Sand ins Gesicht. Konrad hustet und spuckt.
„Schnell, es gibt Randale!“, ruft eine Kinderstimme, und jetzt kommt ein ganzer Schwarm angelaufen, um bei der Schlägerei zuzusehen.
„Das geschieht ihm recht!“ Elfi, Pinar und Chloe machen Fotos mit ihren Handys.
„Fester! Doller! Hört auf! Macht weiter! Was ist los? Voll krass!“, rufen die anderen Kinder.
„Und Selbstermächtigung“, ergänzt Frau Diese.
„Bis morgen“, sagt Frau Martingall und steigt ins Auto.
Lukas macht sich so schwer wie möglich, Torben erzählt etwas von Verbrechensbekämpfung, Anna tritt noch einmal gegen Konrads Bein, wenn

auch nicht besonders fest, und der kleine Phil ist völlig außer Rand und Band. Er zieht Konrad einen Schuh aus und wirft ihn in die Menge.

„Seid ihr verrückt geworden?“, ruft eine laute Stimme.

Marie, gefolgt von Mika, bahnt sich einen Weg durch den Pulk. Eilig treten die Schüler beiseite und lassen sie durch.

„Verprügeln geht gar nicht!“, schreit Marie.

Anna und die Jungen lassen von Konrad ab. Jetzt sind sie es, die betreten zu Boden blicken. Konrad rappelt sich auf, seine Hose ist dreckig und sein Arm aufgeschürft.

„Gewalt ist doch keine Lösung!“, erklären die Supergirls schnell, und Marie wirft ihnen einen bösen Blick zu.

„Vier gegen einen“, sagt sie. „Total unfair.“

„Wieso vier gegen einen?“ Mika hat Konrads Schuh aufgehoben und gibt ihn zurück. „Ihr seid doch hundert gegen einen mit euren Smartphones und euren Chats.“

Marie wird ein bisschen verlegen. Heute Morgen hat sie mit ihren Followern noch eine besonders gelungene Konrad-als-Mops-Zeichnung geteilt. „Jetzt reicht's jedenfalls", sagt sie. „Die Klasse 6a trifft sich in zehn Minuten am Fußballplatz. Anwesenheitspflicht!"

Was tun?

Befehl ist Befehl. Die Schüler der Klasse 6a schlurfen zurück über den Schulhof und zu den Bänken neben dem Fußballplatz. Die Stimmung ist gedrückt. Wie eine dunkle Wolke hängt das schlechte Gewissen über allen Köpfen. Marie hat recht: Es reicht. Das spüren alle ganz genau. Aber andererseits kann es doch auch nicht sein, dass die Diebstähle immer weitergehen!

Marie setzt sich auf die Rückenlehne der mittleren Bank und wirft ihre Haare zurück. „Wir müssen ein für alle Mal feststellen, ob Konrad meine Supersandwiches geklaut hat oder nicht. Und wenn er es war, melden wir das dem Direktor. Kein

Mobbing mehr! Und schon gar keine Prügelei."

„Das Problem ist doch, dass er es nicht zugibt!" Torben wirkt ziemlich kleinlaut.

Marie schaut ihn die ganze Zeit an, als könnte sie ihn überhaupt nicht mehr leiden.

„Und dass er nicht aufhört zu klauen!", ruft der kleine Phil.

„Vielleicht sollten wir abstimmen", schlägt Anna vor. „Wer glaubt, dass Konrad der Täter ist?"

Torben, Anna, Phil und Lukas melden sich. Als Marie schließlich zögernd den Finger hebt, gehen auch alle übrigen Arme in die Höhe. Bis auf die von Konrad, Mika und Benisha, der Neuen, die gerade erst aus Pakistan oder Marokko oder Brasilien gekommen ist und wahrscheinlich kein Deutsch versteht.

„Abstimmen ist Schwachsinn", sagt

Mika. „Die Wahrheit ist doch nichts, worüber die Mehrheit entscheidet." Jetzt reden alle durcheinander. Jeder hat plötzlich eine Idee. Man könnte Konrad so lange kitzeln, bis er zugibt, dass er es war. Aber der Vorschlag wird abgelehnt – denn ein Gekitzelter würde auch zugeben, dass er dem Weihnachtsmann den Bart geklaut hat.

„Vor allem, wenn es an die Füße geht", sagt Konrad, der auch dabeisteht, um zu beratschlagen, was man mit ihm machen soll.

Lukas schlägt vor, eine Münze zu werfen. Phil will Konrad einen Tintenklecks zwischen zwei Papierseiten pressen lassen und gucken, ob man in der entstandenen Form ein Supersandwich erkennen kann.

Chloe schlägt vor, Hartmut Hund entscheiden zu lassen, weil Tiere die beste Menschenkenntnis haben.
„Wie bei einem Orakel“, erklärt Chloe. „Das ist, wenn die Götter durch ein anderes Wesen sprechen, um den Menschen die Wahrheit zu verkünden.“
Fast hätte Marie ihre Freundin gar nicht erkannt, weil Chloe die orangefarbene Jacke nicht trägt, für die sich die Clique heute entschieden hatte, und weil sie normalerweise nicht spricht, ohne gefragt zu werden. Außerdem hätte niemand vermutet, dass

sich Chloe für so etwas wie Orakel interessiert. Chloe gibt zu, dass sie gerne Sagen liest. Jetzt wollen die Kinder mehr von den Göttern wissen und warum sie nur manchmal zu den Menschen sprechen und woher die Götter Ahnung von geklauten Supersandwiches haben.
Für einen Moment ist Konrad fast vergessen. Er steht dabei und hört zu und sieht schon viel weniger unglücklich aus. Zum ersten Mal hat er beinahe das Gefühl, ein Teil der Klasse zu sein.

Marie ordnet an, dass Hartmut Hund geholt wird: „Mal sehen, zu wem er zuerst läuft!“
Die Supergirls stellen sich dicht zusammen, ballen die Fäuste in der Luft und kreischen, wie sie es immer tun, wenn sie sich ganz doll freuen. Währenddessen sprintet der kleine Phil los, um Hartmut Hund zu holen. Die Klasse staunt: Trotz seiner geringen Körpergröße ist Phil mit Abstand der Schnellste. Seit es keine Wettläufe mehr gibt, ist das völlig in Vergessenheit geraten.
Als Phil mit Hartmut zurückkommt, rennt der schnurstracks zu Marie, drückt sich schwanzwedelnd an ihre Beine und ist da gar nicht mehr wegzukriegen, was ihn als Orakel total disqualifiziert.
„Der ist selbst ganz schön dick“, murmelt Torben. „Kein Wunder, dass er nicht gegen Konrad aussagen will.“
Langsam wird die Zeit knapp. Peter und Yuna müssen demnächst zum Mandarin-Unterricht, Svenja muss Klarinette üben, Casimir hat

Synchronschwimmen, und Lotta und Fred dürfen nicht zu spät zum kreativen Malen kommen.
Da sagt Mika: „Was wir brauchen, ist ein Prozess.“
Wieder entsteht Unruhe, weil keiner weiß, was Mika meint. Konrad hat es als Erster kapiert und hebt die Hand wie im Unterricht: „Du meinst, so richtig mit Anwalt und Richter?“
„Finde ich gar nicht schlecht“, sagt Elfi zur Verblüffung der ganzen Klasse. Sie hat sich vorher gar nicht erkundigt, was Marie denkt. „Eine Gerichtsverhandlung. Wie im Fernsehen. Am Ende weiß man immer, wer der Täter war.“
„Hä?“, macht Pinar. „Konrad will doch nicht, dass wir ihn vor ein TV-Gericht schleppen!“
Konrad wird rot und schüttelt den Kopf. Das will er auf gar keinen Fall.
„Wir können das doch einfach selbst machen“, sagt Benisha plötzlich. Auf Deutsch. Alle starren sie an. Der Tag ist voller Überraschungen.
„Das ist *die* Idee“, sagt Marie. „So wird es gemacht: Wir gründen ein Gericht.“

„Cool“, grinst Benisha.
Die Supergirls ballen die Fäuste und wollen gerade anfangen zu kreischen, lassen es dann aber doch sein.
„Vorher brauchen wir noch ein paar Informationen“, meint Mika. „Oder weiß einer, wie so ein Gericht funktioniert?“

Ganz schön viele Leute

Herr Schindelbart-Bunsemann ist nicht begeistert, als ihm die Kinder am nächsten Tag vorschlagen, einen Lehrfilm über Strafprozesse zu schauen: „Vom Filme-Zeigen halte ich nicht so viel. Ich habe nicht fünf Jahre Pädagogik studiert, um mit euch Fernsehen zu gucken!"
Marie macht ihren schönsten Augenaufschlag: „Biiiiiitteeeee, Herr Schindelbart-Bunsemann! Es ist wirklich wichtig!"
Der Lehrer denkt an die zwanzig Deutschaufsätze, die er wunderbar während des Films korrigieren könnte. „Na gut, ausnahmsweise!"

Die Klasse jubelt. Im Medienraum setzen sich die Kinder sofort auf ihre Plätze und zücken zur großen Verwunderung ihres Lehrers Papier und Stift. Während des Films ist es mucksmäuschenstill, die Schüler machen fleißig Notizen. Herr Schindelbart-Bunsemann zieht die Augenbrauen hoch. Da hat er den Lerneifer seiner Klasse wohl unterschätzt. Vielleicht sollte er doch ab und zu Filme schauen lassen, denkt er sich.

In der ersten großen Pause versammeln sich alle wieder bei den Bänken neben dem Fußballplatz. Ein guter Treffpunkt, denn der Fußballplatz ist seit Längerem verwaist. Das Gras steht hoch, und selten verirrt sich ein Lehrer hierher. Die Kinder beginnen sofort, die Bänke neu anzuordnen. Sie haben während des Films gut aufgepasst. Benisha hat sogar eine Skizze vom Gerichtssaal angefertigt. Ganz hinten steht die Richterbank, wo der Richter und der Protokollant sitzen, also ein Mann oder eine Frau, die während der Gerichtsverhandlung alles mitschreiben. Schräg daneben steht ein kleiner Tisch für den Staatsanwalt, der die Anklage vertritt, also vorträgt, warum der Angeklagte schuldig ist. Der Tisch auf der linken Seite ist für den Angeklagten vorgesehen, dem die Straftat vorgeworfen wird. Neben ihm sitzt sein Anwalt, den man auch Verteidiger nennt, weil er dem Angeklagten beisteht und versucht, ein möglichst gutes Urteil für ihn zu bekommen. Gegenüber auf der rechten Seite steht ein Pult für den Nebenkläger oder die

Nebenklägerin, meistens eine Person, die durch die Straftat Schaden erlitten hat. In der Mitte des Raums, direkt vor der Richterbank, ist der Platz für die Zeugen, die während der Verhandlung befragt werden, ob sie etwas zu der Tat sagen können. Dann gibt es auch noch Zuschauerbänke und Plätze für die Wachtmeister, die aufpassen, dass alles ordentlich abläuft.

Ganz schön viele Leute, ganz schön viele Plätze. Die Kinder rücken die Bänke hin und her, bis alles passt.

„Perfekt", urteilt Marie. „Jetzt die Rollen. Ich bin die Richterin."

Einige nicken, andere schauen zweifelnd. Torben bekommt die Rolle des Staatsanwalts und strafft stolz die Schultern. Mika meldet sich als Konrads Verteidiger. Anna, Phil und Lukas werden als Wachtmeister gewählt. Das Protokollieren will eigentlich niemand übernehmen, aber schließlich erklären sich die Supergirls bereit, weil sie sich immerhin abwechseln können und weil sie alle eine schöne Handschrift haben, sogar fast die gleiche.

„Und wer sind die Zeugen?“, fragt Chloe.
„Der Staatsanwalt ermittelt die Zeugen mithilfe der Polizei“, sagt Torben wichtig. „Und die Zeugen beweisen dann, dass der Täter schuldig ist.“
„Oder eben nicht“, stellt Mika richtig. „Außerdem kann auch die Verteidigung Zeugen mitbringen, um die Unschuld des Täters zu beweisen.“
„Der heißt aber nicht Täter“, kräht Phil, der sich die meisten Notizen gemacht hat. „Vor Gericht heißt er Angeklagter! Jeder gilt als unschuldig, so lange, bis er rechtskräftig verurteilt wurde!“
Das kam im Gerichtsfilm tatsächlich immer wieder vor: die Unschuldsvermutung. Ein superwichtiges Prinzip im Rechtsstaat. Solange die Schuld nicht vom Gericht festgestellt wurde, gilt der Angeklagte als unschuldig. Alle schauen Konrad an und versuchen, sich vorzustellen, dass er unschuldig ist. Keine leichte Übung. Konrad wird mal wieder rot. In der Ferne klingelt es zur dritten Stunde.
„Abmarsch!“, kommandiert Frau Richterin Marie. „In der Mittagspause beginnt die Verhandlung.“

17

Pinscher, Dalmatiner, Wuschelhund

Weil die Vertretung des Vertretungslehrers nicht da ist, fällt die Doppelstunde Mathe heute aus. Stattdessen kommt Frau Lukadu, eigentlich von Beruf Fußpflegerin und seit vier Wochen an der Morgenschein-Schule als Biologielehrerin tätig. Sie muss auf zwei Klassen gleichzeitig aufpassen, weshalb die Schüler der 6a selbstständig in den Naturkunde-Heften arbeiten sollen.
Marie nutzt die Zeit zum Büffeln. Sie nimmt das Amt der Richterin sehr ernst. Sie will es richtig gut machen, so wie sie immer alles richtig gut machen will. Das geht auch nicht anders, wenn man eine

Mutter hat, die selbst das Sandwich-Schmieren in einen Leistungssport verwandelt. Marie liebt ihre Mutter, aber manchmal wünscht sie sich, nicht in allem immer die Beste sein zu müssen. Sie ist schon so daran gewöhnt, alles supertoll hinzukriegen, dass sie selbst beim Zähneputzen darauf achtet, mit der Zahnbürste perfekte Kreise zu ziehen.

Jetzt lernt sie unter der Schulbank die Rolle der Richterin auswendig. Im Internet hat sie gegoogelt, wie sich eine Richterin im Gerichtssaal verhält. Wenn die Richterin reinkommt, müssen alle aufstehen – das ist schon mal ziemlich cool. Danach bittet die Richterin, Platz zu nehmen, und eröffnet die Verhandlung.

„Ich rufe auf: die Sache Klasse 6a gegen Konrad“, flüstert Marie vor sich hin. „Die Verhandlung ist eröffnet.“

Als Erstes stellt die Richterin die Anwesenheit der Beteiligten fest: Angeklagter, Verteidiger und alle Zeugen. Dann schickt sie die Zeugen aus dem Saal, damit diese nicht hören, was während der Verhandlung gesprochen wird – das könnte sie beeinflussen. Später werden die Zeugen für ihre Aussage einzeln in den Saal gerufen.
„Zeugen und Zeuginnen, bitte verlassen Sie den Saal“, flüstert Marie.
Als Nächstes verliest der Staatsanwalt, also Torben, seinen Anklagesatz. Er wird darauf plädieren, dass Konrad des Diebstahls schuldig ist. Anschließend vernimmt die Richterin den Angeklagten, der aber nicht gezwungen ist, etwas zur Tat zu sagen. Wenn er möchte, kann er die Aussage verweigern und die ganze Zeit schweigen.
Marie staunt, wie genau das alles geregelt ist. Fast wie bei einem Theaterstück. Zumal sie sich ja auch verkleiden muss. Alle Richter, Staatsanwälte und Verteidiger tragen vor Gericht eine Robe. Das ist ein langes schwarzes Gewand. Es soll zeigen, dass diese

Personen bei Gericht nicht als normale Menschen mit eigenen Wünschen und Meinungen handeln, sondern als Inhaber einer Rolle, die genau von den Gesetzen festgelegt wird. Ihre Gefühle darf Marie also nicht mit in den Gerichtssaal nehmen. Sie stellt sich vor, sie könnte sie draußen anbinden wie Hunde. Ihre Wut auf Konrad ist ein kläffender Pinscher. Ihr schlechtes Gewissen wegen des Mobbings ein schuldbewusster Wuschelhund mit hängenden Ohren und eingezogenem Schwanz.

Und die Tatsache, dass ihr Torben manchmal ziemlich auf die Nerven geht, sieht aus wie eine hochnäsige Dalmatiner-Dame, die ständig die Augen verdreht.

Marie muss lächeln und fühlt sich ein bisschen ruhiger. Jetzt braucht sie nur noch eine Robe. Peter aus der Parallelklasse steht auf Vampire und kommt immer in einem langen schwarzen Mantel zur Schule. Den will sie sich ausleihen. Nicht den Peter, sondern seinen Mantel.

Nach der vierten Stunde versammeln sich alle am Fußballplatz. Staatsanwalt, Verteidiger, Angeklagter und Protokollantinnen sitzen schon auf ihren Plätzen. Marie hat sich aus Hausmeister Hirtentanz' Werkstatt heimlich einen Hammer geborgt, obwohl den eigentlich nur die Richter in Amerika benutzen. Peters schwarzer Mantel ist ihr zu groß und bedeckt die Füße, aber Marie fühlt sich würdig in ihrer Verkleidung, erst recht, als alle aufstehen, während sie durch die Bankreihen schreitet. Obwohl sie nur ein paar Kinder am Rand eines Fußballplatzes sind, kann Marie die Feierlichkeit des Gerichtssaals spüren. Sie setzt sich auf die Lehne der Richterbank, eröffnet die Verhandlung, stellt die Anwesenheit fest und beginnt mit der Vernehmung des Angeklagten. Alle sind beeindruckt, wie gut sie das macht. Niemand tuschelt, niemand lacht. Ein heiliger Ernst liegt über der kleinen Versammlung.

„Herr Angeklagter Konrad, möchten Sie sich dazu äußern, dass immer meine Supersandwiches verschwinden?"

Konrad schüttelt den Kopf. Sein Verteidiger Mika redet auf ihn ein: „Wenn du nichts getan hast, kannst du doch erzählen, wie es wirklich war!"

Auch aus dem Publikum werden ein paar Stimmen laut:

„Mann, Konrad!"

„Das ist doch deine Chance!"

„Rede einfach!"

Marie benutzt ihren Hammer: „Ruhe im Saal! – Herr Angeklagter?"

Konrad wird richtig bockig: „Nein! Ich muss nichts sagen! Ich kann die Aussage verweigern!“
Da hat er recht. Mit einem Ruck schnellt der Finger des Verteidigers in die Höhe.

„Antrag!“, ruft Mika.
„Richterin Marie wird wegen Befangenheit abgelehnt.“
Ein Raunen geht durch die Zuschauer. Vor allem die Supergirls sehen sich erschrocken an. Sie sind nicht sicher, was *Befangenheit* und *ablehnen* bedeuten, aber bestimmt nichts Gutes.
„Als Opfer der Straftat kannst du nicht Richterin sein“, sagt Mika zu Marie.
„*Mutmaßliches* Opfer der *mutmaßlichen* Straftat“, korrigiert Phil.
Mehrere Kinder zücken die Handys und googeln die Begriffe.

„Aber ich habe meine Gefühle extra draußen gelassen!“, sagt Marie. „Pinscher, Dalmatiner, Wuschelhund …“

„Das ist egal.“ Mika klingt ziemlich hart, fast wie ein Erwachsener, der sich ganz sicher ist. „Es reicht die Besorgnis der Befangenheit. Also, dass man denken könnte, du bist nicht neutral und so.“

„Es stimmt“, sagt ausgerechnet Elfi mit Blick auf ihr Handy. Sie trägt das karierte Halstuch nicht, auf das man sich gestern Abend geeinigt hatte. „Das geht wirklich nicht. Ist nichts Persönliches, Marie.“

Marie nickt. Tränen schießen ihr in die Augen, die sie verstohlen wegwischt. Sie zieht die Robe aus, legt den Hammer beiseite und steigt von der Bank. Sie wäre gern die Richterin gewesen. Nicht nur, weil es eine Art Hauptrolle ist. Sondern auch, weil sie spürt, dass es hier um etwas Wichtiges geht. Und dass sie es richtig gut gemacht hätte.

„Ich stelle mein Amt zur Verfügung", sagt sie, und als erst Elfi, dann auch alle anderen zu klatschen beginnen, ist Maries Kummer gleich wieder verflogen.

„Manchmal macht man vielleicht auch etwas richtig gut, indem man es *nicht* macht", denkt sie.

Die anderen diskutieren schon, wer als Ersatzrichterin infrage käme. Pinar schlägt Lotta vor, aber die sitzt in Kunst neben Mika, und das könnte auch ein Befangenheitsgrund sein. Lukas ist für Casimir, aber der geht mit Torben zum Flag-Football.

„Wie wäre es mit Benisha?", fragt Marie. „Sie ist erst seit Kurzem hier und deshalb am neutralsten."

„Aber was ist mit dem Sprachproblem?", flüstert Chloe.

Da dreht sich Benisha um: „Die Großeltern meiner Mutter kommen aus Hundsmühlen bei Oldenburg. Ich bin in Paris auf eine deutsche Schule gegangen."

Die Supergirls nicken peinlich berührt, die Klasse stimmt ab. Benisha wird einstimmig gewählt. Marie gibt ihr den Hammer und Peters Mantel, und die beiden Mädchen nicken sich zu. Marie war noch gar nicht aufgefallen, was für freundliche Augen Benisha hat.

„Die Verhandlung wird vertagt", sagt Benisha würdevoll. „Morgen starten wir mit der Beweisaufnahme."

„Da habt ihr keine Chance!“, triumphiert Staatsanwalt Torben. „Mit meinem Superbeweis werde ich euch plattmachen!“
Er grinst und zeigt das Siegeszeichen. Aber niemand lacht oder klatscht ihn ab. Die Stimmung ist irgendwie ruhiger als sonst, denkt Marie. Und das gefällt ihr ziemlich gut.

Der Superbeweis

Auf dem Heimweg ist Mika in nachdenklicher Stimmung. Torbens Angeberei mit dem Superbeweis macht ihm zu schaffen. Natürlich weiß er genau, was Torben meint: das Foto, auf dem Konrad neben Maries Tisch am Boden kniet und gerade dabei ist, ihren Rucksack zu öffnen. Wie soll man einen Angeklagten verteidigen, der quasi auf frischer Tat ertappt wurde? Mika hat sich im Internet informiert – der Job eines Verteidigers besteht nicht nur darin, die Unschuld eines Angeklagten zu beweisen und möglichst einen Freispruch zu erreichen. Manchmal steht sogar fest, dass der Angeklagte wirklich schuldig ist, zum Beispiel weil

er ein Geständnis abgelegt hat. Trotzdem muss der Verteidiger darauf achten, dass er ein faires Verfahren bekommt, in dem alle seine Rechte berücksichtigt werden. Und er versucht, eine möglichst milde Strafe zu erreichen. Für leichtere Delikte gibt es oft nur eine Geldstrafe, und auch Gefängnisstrafen können zur Bewährung ausgesetzt werden, was bedeutet, dass der Täter erst mal zu Hause bleiben kann und nicht ins Gefängnis muss, solange er sich anständig verhält und nicht noch einmal straffällig wird.
Bei Konrad geht es natürlich nicht um eine Gefängnisstrafe, sie können ihn schließlich nicht in Hausmeister Hirtentanz' Heizungskeller sperren. Aber es geht darum, ob er wirklich geklaut hat, und das ist eine ernste Angelegenheit. Mika weiß, wie wichtig die Frage ist, was jemand getan hat und was nicht. Vor zwei Jahren gab es einen fürchterlichen Streit bei ihm zu Hause, weil sein Vater seiner Mutter vorwarf, sie würde einen anderen Mann lieben und sich heimlich mit ihm treffen. Mikas

Mutter bestritt alle Vorwürfe, aber der Vater glaubte ihr nicht. Ständig haben sich die Eltern angeschrien. Irgendwann ist seine Mutter dann mit seiner großen Schwester ausgezogen, und Mika ist bei seinem Vater geblieben.

Mika mag seinen Vater, aber seit die Familie nicht mehr beisammen ist, fühlt er sich traurig, hat auf nichts Lust und spricht kaum noch mit anderen Leuten. Außer in den letzten zwei Tagen, da hat Mika wahrscheinlich mehr geredet als in den zwei Jahren davor. Jedenfalls hat er eins gelernt: Es ist nicht gut, Dinge nur zu vermuten. Besser, man klärt die Sachlage auf. Und das scheint ein Gericht ja zu sein: eine Sachlage-Aufklärungs-Maschine. Deshalb hat Mika beschlossen, sich richtig reinzuhängen.

Als er um die nächste Ecke biegt, sieht er plötzlich Konrad auf dem Bürgersteig knien. Erschrocken läuft Mika hin – ist Konrad gestürzt und hat sich wehgetan? Aber als er ihm die Hand auf die Schulter legt, dreht Konrad den Kopf und zeigt auf den Straßenrand.

„Guck mal“, sagt er, „die bauen hier einen Ameisenhaufen!“

Mika geht in die Hocke und sieht ein kleines Häufchen aus Tannennadeln, zerstückelten Blättern und winzigen Stöckchen. Eine ganze Armee Ameisen ist damit beschäftigt, weiteres Baumaterial heranzutragen.

„Das sind Waldameisen", sagt Konrad. „Die sind in Deutschland geschützt. Mein Nachbar arbeitet beim Naturschutz, dem sage ich nachher Bescheid. Dann sorgt er dafür, dass der Ameisenstamm an einen besseren Ort gebracht wird."
„Du hast echt viel Ahnung von Tieren", meint Mika.
„Für mich sind alle Tiere wertvoll", sagt Konrad.
„Manche Menschen latschen einfach drüber."
„Du, Konrad?" Die beiden erheben sich und klopfen sich Staub von den Knien. „Wegen des Fotos. Das Torben von dir gemacht hat."
Konrads Miene verdüstert sich sofort. Er senkt den Kopf und schaut auf seine Schuhe.
„Du musst erklären, was du an Maries Rucksack gemacht hast", sagt Mika.
Störrisch schüttelt Konrad den Kopf.
„Das ist total wichtig!"
Mika fasst Konrad an der Hand, aber der zieht sie sofort

weg. „Wenn wir zu dem Foto nichts sagen können, verlieren wir den Prozess!“

Konrad drückt sich an Mika vorbei. „Dann ist es halt so“, sagt er und lässt Mika einfach stehen.

Kopfschüttelnd sieht Mika ihm nach. Manche Angeklagten sind anscheinend richtig schwierig. Aber er hat nicht vor, so schnell aufzugeben. Sebastian aus der Achten ist ihm eingefallen. Ein ziemlich stiller Typ, der sich eigentlich nur für Computer interessiert. Wohnt gleich um die Ecke. Mika gibt sich einen Ruck, klingelt an der Tür und wird von Sebastians Mutter reingelassen. Sebastian ist ziemlich überrascht, ihn zu sehen, aber Mika darf in sein Zimmer kommen. Auf dem Schreibtisch stehen zwei Computerbildschirme, und überall liegt Technik-Kram herum. Mika erklärt sein Problem: Konrad, das Foto, der Prozess. Sebastian lässt sich das Bild auf dem Handy zeigen.

„Wieso“, sagt er, „das beweist doch gar nichts. Man sieht Konrad mit dem Rucksack. Aber man sieht gar nicht, was er da genau macht.“

Mika gibt ihm recht. „Das stimmt schon, aber es ist trotzdem ein verdammt starkes Indiz. Es wird die Richterin vielleicht von Konrads Schuld überzeugen. Ich muss das Beweismittel entkräften, verstehst du?" Sebastian nickt, spielt das Foto auf seinen Rechner und vergrößert den Bildausschnitt, auf dem Maries Rucksack und Konrads Hand zu sehen sind. Mehrfach lässt er ein Programm darüberlaufen, das

die Schärfe wiederherstellt. Immer stärker wird die Vergrößerung – bis plötzlich zu erkennen ist, dass Konrad etwas in der Hand hält. Irgendetwas Weißes, das er zwischen den Fingern verbirgt.

„Ein zusammengefaltetes Stück Papier“, sagt Sebastian, und Mika wird plötzlich ganz aufgeregt.

„Ein Brief!“ Er schlägt sich vor die Stirn. „Warum bin ich nicht gleich darauf gekommen? Konrad wollte nichts herausnehmen, er hat versucht, etwas hineinzutun!“

Konrad sagt aus

„Die Verhandlung ist eröffnet!"
Benisha sitzt im schwarzen Mantel auf der Lehne der Richterbank, alle anderen Beteiligten haben bereits an den richtigen Stellen Platz genommen. Alle sind ruhig und gespannt, sogar die Kinder auf den Zuschauerbänken. Wenn die Spatzen nicht so laut zanken würden, könnte man eine Stecknadel fallen hören.
„Herr Staatsanwalt", sagt Benisha, „bitte Ihre Beweisanträge."
Torben steht auf. Er hat eine lange Liste der geklauten Brote dabei und beginnt, sie vorzulesen. Vollkornbrot mit Auberginen-Couscous-Petersilien-Aufstrich.

Dinkeltoast mit Rote-Bete-Petersilienwurzel-Creme. Tofuwurstbrot mit Granatapfelkernen. Reismehl-Scones mit Cranberry-Mango-Marmelade. Sellerie-Mangold-Lauch-Püree-Wrap. Den Zuhörern wird ganz schwindlig, manche beginnen zu gähnen. Als Torben endlich fertig ist, atmen alle auf. Aber da zieht er eine weitere Liste aus der Tasche und gibt sie Benisha. Darauf sind die Namen der Zeugen, die er aufrufen lassen möchte.

„Die sollen alle befragt werden?", fragt Benisha.

„Hohes Gericht", sagt Torben, „ich habe eine lückenlose Beweiskette vorbereitet, die ganz klar zeigen wird, dass Konrad der Täter ist."

Benisha seufzt und ruft Fred auf, der ganz oben auf Torbens Liste steht. Fred sagt aus, dass er gesehen hat, wie Konrad einmal an der Dönerbude drei Döner gekauft hat.

„Einspruch!", ruft Mika. „Was hat das mit dem Fall zu tun?"

„Es beweist, dass Konrad gerne isst, und zwar echt viel", sagt Torben.

„Ich will dem Zeugen auch Fragen stellen“, sagt Mika.
„Sind Sie fertig, Herr Staatsanwalt?“, fragt Benisha, und als Torben nickt: „Ihr Zeuge, Herr Verteidiger.“
„Fred“, fragt Mika, „hast du gesehen, wie Konrad alle Döner alleine aufgegessen hat?“
Fred zögert. „Nein“, sagt er schließlich.
„Du hast also nur gesehen, wie er sie gekauft hat?“
Fred nickt.
„Waren die Döner vielleicht in Alufolie eingewickelt?“, fragt Mika.
„Ich glaube schon“, sagt Fred.
„Ha!“, ruft Mika. „Konrad hat sie mitgenommen! Die waren gar nicht für ihn!“
„Einer schon“, sagt Konrad. „Freitags hole ich manchmal Essen für meine Familie. Einen Döner für Papa, einen für Mama, einen für mich.“

Als Benisha nicht guckt, streckt Mika Torben die Zunge raus. Der ärgert sich und lässt seine nächsten Zeugen aufrufen. Aber so richtig gut läuft es nicht. Chloe, Pinar und Elfi sagen aus, dass sie Konrad für schuldig halten, weil alle sagen, dass er schuldig ist. Lotta sagt aus, dass sie Konrad für schuldig hält, weil auf Chloes Instagram-Kanal stand, dass er schuldig ist. Casimir berichtet immerhin, dass Konrads Pullover immer voller Krümel ist.

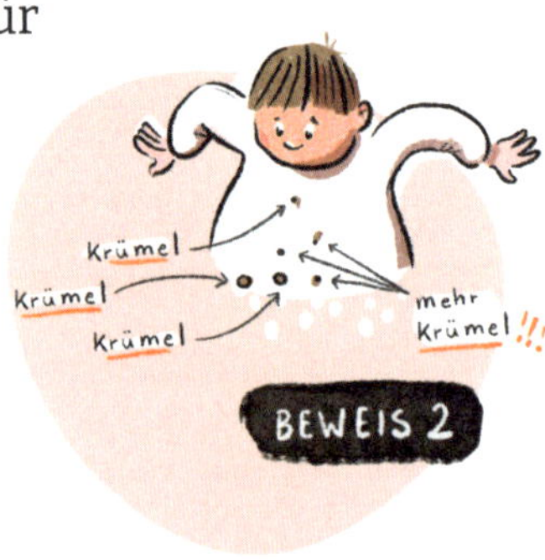

„Das sind doch alles keine Beweise“, sagt Mika immer wieder, und Benisha gibt ihm recht.

„Aber *das hier* ist ein Beweis!“, ruft Torben schließlich wütend und hält sein Handy hoch. „Das ist mein Superbeweis! Dagegen könnt ihr gar nichts machen!“ Triumphierend hält er das

Belastungsfoto hoch, zeigt es Benisha, zeigt es Mika, geht sogar durch die Zuschauerbänke, damit alle es sehen können, obwohl natürlich sowieso jeder das Foto kennt.

„Herr Angeklagter“, fragt Benisha, „wollen Sie etwas dazu sagen?“

Störrisch schüttelt Konrad den Kopf und schaut auf seine Hände. Mika stößt ihn mit dem Ellenbogen an, aber Konrad stößt einfach zurück. Er sieht aus, als würde er gleich weglaufen.

„Okay“, flüstert Mika. „Dann übernehme ich das. – Euer Ehren!“, ruft er. „Sieht man auf dem Foto ein Supersandwich?“ Benisha schaut genau hin und schüttelt den Kopf.

„Sieht man auf dem Foto überhaupt, dass Konrad etwas aus Maries Rucksack herausnimmt?“
Benisha beugt sich noch weiter vor, kneift die Augen zusammen und sagt nachdenklich: „Ich glaube nicht.“
Mika holt sein Tablet hervor und geht damit zum Richterpult.
„Guck mal“, sagt er. „Hier siehst du, was das Foto wirklich zeigt.“
Auch Torben kommt gucken, und dann laufen auch die Zuschauer nach vorne, drängen sich um Benisha und schieben sich hin und her, um besser aufs Tablet schauen zu können. „Lass mal sehen!“ Und: „Gib doch mal!“, und: „Du stehst genau vor mir!“, rufen die Kinder. Das ist zwar nicht wie in einem echten Gerichtssaal, aber dafür ziemlich spannend.
Sebastian hat ganze Arbeit geleistet bei der Vergrößerung des Bildausschnitts. Unverkennbar sieht man Maries Rucksack, Konrads Hand und in seiner Hand etwas Weißes.
Anna erkennt es als Erste: „Das ist ein Brief! Konrad

hat einen Brief in der Hand. Er wollte ihn in Maries Rucksack legen!“

Jetzt reden alle durcheinander. „Krass, er hat ja doch nichts geklaut“, und: „Konrad ist unschuldig“, und: „Wir sollten vielleicht mal Sorry sagen.“

„Ruhe im Saal!“, ruft Benisha, und die Zuschauer trollen sich zurück auf ihre Plätze.

„Das beweist gar nichts!“, ruft Torben, der fast aussieht, als hätte er Tränen in den Augen. „Selbst wenn er da einen Brief in der Hand hätte, kann er doch trotzdem der Täter sein! Vielleicht … vielleicht war das ja ein Drohbrief! Bestimmt hat er gefordert, dass Marie täglich

zwei oder sogar drei Supersandwiches mit in die Schule bringt!"

Auf den Zuschauerbänken wird gemurmelt. Ist der Brief jetzt ein Beweis oder nicht? Langsam wird die Sache kompliziert.

„Die Richterin macht die Beweiswürdigung", flüstert jemand. „Benisha muss entscheiden, was das Foto beweist."

Aber da steht plötzlich Konrad auf: „Ich möchte doch eine Aussage machen."

Schlagartig wird es still. Konrad schluckt, räuspert sich und gibt sich einen Ruck.

„Also. Okay. Erpresserbrief ist totaler Quatsch. Ich weiß echt nicht, wie ihr auf so einen Schwachsinn kommt. Ich lese den Brief jetzt einfach mal vor."

Er zieht ein gefaltetes Stück Papier aus der Tasche, das schon ganz schmuddelig und abgegriffen ist, als würde er es seit Wochen mit sich herumtragen.

„Liebe Marie", fängt er an.

Die Kinder sind mucksmäuschenstill. Alle starren ihn an.

MARIE

Ich bin jetzt seit 194 Tagen in der Klasse. Und seit 192 Tagen in dich verliebt. Natürlich bist du das schönste Mädchen der Schule. Aber vor allem bist du echt nett. Das weiß ich, weil ich mal gesehen habe, wie du eine dicke Spinne hinter der Tafel entdeckt hast. Du hast es den anderen nicht verraten, weil du genau wusstest, dass sie die Spinne totschlagen würden. Du hast bis zur Pause gewartet und die Spinne heimlich ins Freie getragen. Das fand ich toll. Manchmal denke ich, du willst nicht, dass die anderen merken, wie nett du bist. Deshalb versteckst du dich hinter deinem Instagram-Zeug und kommandierst deine Freundinnen rum. Dabei bist du perfekt, so wie du bist. Und es tut mir echt leid, dass jemand deine Brote klaut. Das ist voll ungerecht. Denn du wärst doch die Erste, die ihre Brote mit jedem teilen würde.

In Liebe
Dein Konrad.

Als Konrad fertig ist, bleibt es still. Ganz leise setzt er sich wieder hin. Plötzlich sagt Torben:
„Krass, Alter. Das hätte ich mich nicht getraut."
Er klopft Konrad auf die Schulter, und jetzt kommen auch andere Kinder heran, beglückwünschen Konrad oder schütteln ihm die Hand. Lukas schenkt ihm sogar einen Schokoriegel. Konrad sieht verwirrt aus, aber auch glücklich. Marie ist ein bisschen rot, lächelt aber ganz beseelt.
„So einen Brief würde ich auch gerne mal bekommen", seufzt Elfi und schaut verstohlen zu Peter.
„Hey, Leute, das glaubt ihr nicht!", ruft eine Stimme. Es ist der kleine Phil, der wie ein Blitz über den Schulhof saust. Weil er seinen Job als Wachtmeister ernst nimmt, hat er zwischendurch im Klassenraum nach dem Rechten gesehen. Jetzt ist er so außer Atem, dass er erst mal gar nicht sprechen kann.
„Marie ...", keucht er. „Maries ... Maries Supersandwich wurde gestohlen. Während der

Verhandlung. Im Flur liegt das Einwickelpapier. *Super essen – super leben.*“

„Aber dann …“, beginnt Benisha langsam.

„Dann kann es Konrad gar nicht gewesen sein!“, ergänzt Elfi.

„Sag ich doch“, meint Mika.

„Und auch sonst keiner aus der 6a“, kombiniert Chloe. „Es sind nämlich alle *hier*.“

Torben lässt eine Art Kampfschrei hören. „Wer ist der verdammte Stullendieb?“, ruft er.

Die Falle

In Windeseile hat Torben ein Team zusammengestellt: die *Soko Supersandwich*. *Soko* steht für eine Sonderkommission, die von der Polizei gegründet wird, um bedeutende Verbrechen aufzuklären. Mika und Benisha sind dabei, Torben selbst, Konrad und natürlich Marie. Sie treffen sich nachmittags bei Konrad zu Hause, weil es da Chips und Cola gibt.

Die Mutter wird richtig rot vor Freude, weil Konrad Freunde mit nach Hause bringt. Sie spendiert noch eine Extra-Packung Salzstangen und lässt die Kinder dann in Ruhe. In Konrads Zimmer hängen überall Tierfotos an den Wänden. Marie

schaut sich alles an und findet das Zimmer ziemlich schön.

Eins ist klar: Der Täter muss gefasst werden. Jetzt müssen sie nur noch herausfinden, wie. Man könnte blaue Farbe im Supersandwich verstecken, und wer dann blaue Zähne hat, ist der Schuldige. Oder eine Mausefalle in Maries Rucksack legen, damit sich der

Dieb die Finger einklemmt. Oder sie observieren den Klassenraum rund um die Uhr.

„Ich glaube, der Dieb ist ziemlich schlau“, gibt Benisha zu bedenken. „Er hat immer nur zugeschlagen, wenn niemand von uns in der Nähe war.“

Dann bleibt nur eins: eine Falle bauen. Sofort sind alle mit Feuereifer bei der Sache. Maric zeichnet eine Skizze des Klassenraums. Mika ruft Sebastian aus der Achten an, der verspricht, ihnen ein kleines Alarmsystem zu bauen. Maries Eltern haben ein altes Volleyballnetz im Keller, Benisha kann den Werkzeugkasten ihres Vaters beisteuern, Torben trägt die Verantwortung. Sie verabreden, am nächsten Morgen schon um sieben Uhr an der Schule zu sein, um alles vorzubereiten.

„Ihr seid so still“, wundert sich Herr Hulk. Er vertritt heute Herrn Schindelbart-Bunsemann, der in der Klasse 7b den Vertreter der Vertreterin vertreten muss.
„Ist irgendetwas mit euch?“
Scheinheilig schütteln alle die Köpfe.
„Alles okay“, behauptet Klassensprecherin Marie.
In Wahrheit ist die 6a so unkonzentriert, dass die

Schüler nicht einmal wissen, ob Herr Hulk gerade Deutsch oder Englisch unterrichtet. Sie können die Pause nicht abwarten. Alle wissen Bescheid. Beim Pausenklingeln verlässt Herr Hulk im Laufschritt die Klasse, weil er mit Frau Diese und Frau Martingall zum pädagogischen Austausch verabredet ist.

Sofort beginnt die *Soko Supersandwich* zu arbeiten. Torben steht Schmiere auf dem Gang. Marie nimmt ein extraleckeres Kresse-Leinsamen-Dinkelbrot aus dem Rucksack, legt es in den Schrank und lässt die Türen leicht offen stehen. Mika steigt auf einen

Stuhl und installiert die Sensoren von Sebastians Alarmsystem. Es ist mit Torbens Handy verbunden, das zu piepsen beginnt, sobald die Schranktüren weiter geöffnet werden. Benisha und Konrad falten das Volleyballnetz zusammen und legen es so von oben auf die Schranktüren, dass es ganz leicht herunterfallen kann.
„Jetzt nichts wie raus hier“, zischt Torben, und sie rennen mit Vollgas auf den Pausenhof.
Dort bildet die 6a eine dicke Traube, weil alle gleichzeitig auf Torbens Handy sehen wollen.
Eine Minute nach der anderen verstreicht. Nichts passiert.
„Was macht ihr da eigentlich?“, fragt Herr Schindelbart-Bunsemann, der über den Schulhof schlendert, obwohl er Pausenaufsicht hat. Niemand beachtet ihn. Gleich wird es zur dritten Stunde klingeln. Die Traube ist schon etwas lockerer geworden.
„Ich glaube, der Dieb kommt heute nicht“, sagt Mika enttäuscht.

Genau in diesem Augenblick geht der Alarm los. Torbens Handy gibt kreischende Töne von sich und zeigt ein rotes, blinkendes Ausrufungszeichen. Wieder einmal hat Sebastian ganze Arbeit geleistet. Die 6a stürmt geschlossen ins Schulgebäude und die Treppe hoch. Phil ist als Erster oben. Die Tür zum Klassenraum steht halb offen. Drinnen bietet sich ihnen ein seltsames Bild. Ein dunkles Wesen hat sich im Netz verfangen. Es tobt und zappelt durch den Raum, hüpft und windet sich und gibt dabei hohe klagende Töne von sich.

„Ein Kobold“, flüstert Marie.

„Ein Zombie!“, ruft Torben.

„Das ist Hartmut!“, schreit Konrad und stürzt sich auf den Hund, um ihm zu helfen.

Mit vereinten Kräften gelingt es ihnen, Hartmut Hund aus dem Netz zu befreien. Und da sitzt er nun, schuldbewusst hechelnd und ziemlich dick. Vorsichtig klopft er mit der Schwanzspitze auf den Boden und wartet ab, ob es Ärger gibt. An seiner Schnauze kleben noch ein paar grüne Kresseblättchen.
„Ich glaube, wir haben den Täter überführt“, sagt Benisha und lacht.
„Herr Hund, Sie sind verhaftet“, erklärt Torben. „Alles, was Sie sagen, kann vor Gericht gegen Sie verwendet werden.“
„Lasst ihn in Ruhe!“ Konrad kniet am Boden und krault Hartmut hinter den Ohren. „Er weiß doch gar nicht, was er falsch gemacht hat.“
„Ich glaube, das weiß er ganz genau“, kichert Marie.
„Was ist hier los?“ Die tiefe Stimme von Hausmeister Hirtentanz dröhnt durch den Raum. „Warum hat Hartmut so kläglich gejault?“
Schnell erklären die Kinder, was seit Wochen vor sich geht. Dass sie dem Dieb eine Falle gestellt und

Hartmut gefangen haben, der wohlauf ist. Nur eben ziemlich dick.
„Hab mich schon gewundert, warum der so zunimmt“, sagt Hausmeister Hirtentanz kopfschüttelnd.
„Wie ist er denn hier reingekommen?“, fragt Torben.
„Der stellt sich auf die Hinterbeine und drückt mit der Schnauze die Klinke runter“, sagt Hirtentanz.
„Aber warum ist er immer bei derselben Schülerin klauen gegangen?“
„Ganz einfach“, erklärt Pinar. „Maries Mutter macht die supersten Supersandwiches der ganzen Stadt.“
„Vollkornbrot mit Auberginen-Couscous-Petersilien-Aufstrich. Dinkeltoast mit Rote-Bete-Petersilienwurzel-Creme“, zählt Torben auf.
„Gnade!“, ruft die 6a.
„So was mag Hartmut doch gar nicht“, sagt Hirtentanz. „Höchstens mit Mayonnaise. Wenn Mayo drauf ist, frisst er alles. Danach ist er richtig süchtig.“
Der Hausmeister tätschelt Hartmuts Kopf.
„Ausgeschlossen“, sagt Chloe. „Mayonnaise

würde Maries Mutter niemals verwenden. Das ist Teufelszeug."

„Ich muss euch was sagen." Marie scharrt mit den Füßen und ist ganz rot im Gesicht. „Ich weiß, dass ich immer mit den Broten meiner Mutter angegeben habe und damit, wie gesund sie sind. Es ist total lieb von meiner Mutter, dass sie sich solche Mühe gibt, aber … meistens schmeckt das Zeug ziemlich scheußlich. Versteht ihr? Ich mache da morgens immer heimlich noch eine Schicht Mayonnaise drauf."

„Das war alles Fake?", fragt Elfi entsetzt.

„Ich mag auch Mayonnaise", sagt Konrad und lächelt Marie verliebt an.

„Stark, dass du uns das erzählst", sagt Mika. „Es ist gar nicht so leicht, zu sich selbst zu stehen“, ergänzt er mit Blick auf die Supergirls, die gar nicht mehr wie Supergirls aussehen, sondern eigentlich wie ganz normale Mädchen.

„Da hat er recht“, sagen Chloe, Elfi und Pinar im Chor.

Sie fassen Marie an den Händen und hüpfen mit ihr auf und ab. „Best friends forever!", kreischen alle vier, und die Jungs der 6a verdrehen die Augen. „Dann ist ja alles geklärt", sagt Hirtentanz und

nimmt Hartmut an die Leine. „Der kommt jetzt erst mal auf Diät.“

„Damit hat er auch gleich seine Strafe“, meint Benisha. „Einen Prozess gegen Hartmut hätte ich nicht so gern geführt.“

Eine richtig tolle Klasse

Erst ist Maries Mutter traurig und auch ein bisschen beleidigt, als Marie ihr gesteht, dass die Supersandwiches gar nicht lecker sind. Aber sie finden eine gute Lösung: die Ein-Komponenten-Regel. Auf jedem Brot ist jetzt nur noch eine Zutat drauf. Gebratene Aubergine *oder* Rote Bete *oder* Kürbisaufstrich, und ziemlich oft gibt es auch einfach nur ein Käsebrot.

Jeden Nachmittag treffen sich Marie und Konrad, um mit Hartmut Hund spazieren zu gehen. Dabei können sie sich in Ruhe unterhalten, und nicht selten finden sie einen Vogel, eine Schnecke oder

einen Regenwurm, die Hilfe brauchen. Hartmut Hund hat schon ziemlich abgenommen, auch wenn Marie ihm ab und zu einen Toast mit Mayonnaise mitbringt.
Elfi geht mit Peter zum Mandarin-Unterricht, und Chloe und Pinar haben zusammen mit Benisha einen Lesezirkel gegründet, in dem sie sich mit griechischen Sagen beschäftigen, vor allem wenn Orakel darin vorkommen.
Mika und Torben sind zwar nicht gerade beste Freunde geworden, aber sie haben mithilfe von Herrn Hulk eine Streitschlichtungs-AG ins Leben gerufen, in der sie üben, wie man Konflikte lösen kann, ohne dass es

hässlich wird. Die Unschuldsvermutung ist ihnen dabei zur treuen Begleiterin geworden, genau wie der Grundsatz, dass man alle Seiten anhören muss und dass es immer darum geht, erst mal die Wahrheit herauszufinden. Mika entwickelt sich zu einer richtigen Plaudertasche und überlegt, Strafverteidiger zu werden, wenn er groß ist. Herr Hulk ist glücklich, seine pädagogischen Ansätze verwirklichen zu können. Außerdem hat er seine Prüfungen bestanden und ist jetzt ein fertiger Lehrer. Seitdem lässt er die Kinder auch wieder Fußball spielen.

Und Herr Schindelbart-Bunsemann? Der findet, dass die 6a eigentlich eine richtig tolle Klasse geworden ist. Zur Belohnung will er ganz ausnahmsweise mal einen Film mit ihnen gucken.

ENDE

GO SUPER-GIRLS
HALLO!? AUA!?

13

Nachgefragt

Wie funktioniert ein Strafverfahren?

Strafverfolgung – wie kommt es eigentlich dazu?

Jeden Tag passiert etwas. Menschen streiten sich, Autos stoßen zusammen, Supersandwiches verschwinden. Jemand macht etwas kaputt, ein Mensch wird verletzt oder stirbt sogar. Wird die Polizei gerufen, geht sie den Hinweisen nach und befragt Leute, die etwas gehört oder gesehen haben. Stellt sich heraus, dass das Ganze nur ein Irrtum oder ein Scherz war, lässt die Polizei die Sache gleich wieder fallen. Ist aber mehr dran, wird genauer untersucht. Manchmal ergibt sich dann der Verdacht, dass tatsächlich eine Straftat vorliegt. Man nennt das

Anfangsverdacht. Vielleicht gibt es auch schon einen Verdächtigen. Die Polizei kann aber auch *gegen unbekannt* ermitteln.

Wer ermittelt?

Spuren sammeln, Zeugen befragen oder Leute beobachten – das erledigt alles die Polizei. Wenn es nicht nur um Schulbrote, sondern um schwere Verbrechen wie Raub oder Mord geht, übernimmt die Kriminalpolizei, auch *Kripo* genannt. Und wenn es richtig kompliziert wird, gründet die Polizei eine *Soko*, eine Sonderkommission, die sich ganz intensiv mit der Aufklärung eines Falls beschäftigt. Chefin der Ermittlung ist aber immer die Staatsanwaltschaft. Staatsanwälte sind Juristen, das heißt, sie haben jahrelang an der Universität gelernt, was in den Gesetzen steht und

wie man damit umgeht. Am Ende entscheidet die Staatsanwaltschaft, ob sie Anklage erhebt, also den Verdächtigen vor Gericht bringt. Denn nicht die Polizei oder der Staatsanwalt können festlegen, ob ein Verdächtiger wirklich ein Täter ist. Das kann nur das Gericht.

Darf man vor Gericht lügen?

Ja und nein. Als Zeuge muss man die Wahrheit sagen. Sonst wäre es praktisch unmöglich, einen Fall jemals aufzuklären. Lügt ein Zeuge, begeht er damit eine strafbare Handlung und bekommt es selbst mit der Staatsanwaltschaft zu tun. Ganz anders ist es beim Angeklagten. Wird jemand festgenommen, weil der Verdacht besteht, dass er fremde Pausenbrote aufgefuttert hat, darf er lügen und Geschichten erfinden oder gar nichts sagen. Niemand ist verpflichtet, sich selbst zu belasten. Wenn du gerne Krimis liest oder guckst, hast du bestimmt schon mal gehört, dass jemand bei der Verhaftung *über seine Rechte belehrt wird.* Die Polizei sagt dem Verdächtigen, dass er das Recht hat, sich einen Anwalt zu nehmen, und dass er nicht verpflichtet ist, Fragen zu beantworten – er

hat das Recht zu schweigen. Denn: „Alles, was Sie sagen, kann und wird vor Gericht gegen Sie verwendet werden“ – dieser Spruch kommt aus den USA, stimmt aber auch in Deutschland.

Wie nennt man den Bösewicht?

In Deutschland gilt die *Unschuldsvermutung*, eines der wichtigsten Prinzipien im Strafverfahren. Es besagt, dass jeder Mensch so lange als unschuldig gilt, bis ein Gericht festgestellt hat, dass er eine Straftat begangen hat. Mit anderen Worten: Selbst wenn Konrad direkt an Maries offenem Rucksack ertappt wird, gilt er als unschuldig, bis das Gericht darüber entschieden hat, ob er wirklich der Täter ist. Das soll genau das verhindern, was Konrad passiert ist: nämlich, dass jemand auf Grundlage von Vorurteilen oder Missverständnissen vorschnell als Täter gilt. Deshalb ist der Bösewicht kein Bösewicht, sondern am Anfang nur ein Verdächtiger. Erhärtet sich der Anfangsverdacht, wird aus dem Verdächtigen ein Beschuldigter. Kommt der Beschuldigte vor Gericht, nennt man

ihn *Angeklagter.* Und erst nach einer Verurteilung darf man den Angeklagten dann *Täter* nennen. Dabei gilt: Die Richterin verurteilt einen Angeklagten nur dann, wenn seine Schuld wirklich bewiesen wurde – „im Zweifel für den Angeklagten." Hat das Gericht also noch Zweifel an der Schuld des Angeklagten, spricht es ihn frei.

Wer darf bestrafen?

Bestrafen darf nur der Staat. *Selbstjustiz* ist bei uns verboten. Selbstjustiz würde bedeuten, dass die Menschen nach eigenem Gefühl und ohne Rücksicht auf die geltenden Gesetze versuchen, ihre Streitfälle selbst zu klären. Dann würde Chaos ausbrechen. Am Ende würde jeder gegen jeden vorgehen, und es käme schnell Gewalt ins Spiel. Um das zu verhindern, müssen sich die Bürger darauf verlassen können, dass die Gesetze für alle gelten und dass der Staat (und sonst niemand) dafür sorgt, dass sie eingehalten werden. *Der Staat* sind in dem Fall Polizei, Staatsanwaltschaft und die Richterinnen und Richter bei der Justiz. Wir Bürger nehmen also das Recht nicht selbst in die Hand, sondern bezahlen mit unseren Steuergeldern Institutionen, die das für uns machen. Aber keine Sorge: Die Gründung eines eigenen Gerichts am Rand eines Fußballplatzes ist nicht verboten, solange niemandem mit Worten oder Taten wehgetan wird. Auch im Unterricht dürfte man einen Gerichtsprozess nachspielen – und würde bestimmt eine Menge dabei lernen.

Was geschieht vor Gericht?

Vor Gericht wird in Anwesenheit des Angeklagten der Fall so dargestellt, dass sich die Richter eine Meinung darüber bilden können. Dabei stehen sich der Staatsanwalt, der die Anklage vertritt, und die Verteidigung gegenüber. Beide können Beweisanträge stellen, also das Gericht auffordern, bestimmte Zeugen zu befragen, sich Fotos anzuschauen, Briefe vorzulesen, eine Audioaufzeichnung anzuhören oder ein Video zu gucken. Staatsanwalt und Verteidiger wollen beweisen, wie das Geschehen ihrer Meinung nach abgelaufen ist. *Wer hat was gemacht, warum und mit welchen Folgen?* Hat Konrad die Supersandwiches gegessen, oder war es doch jemand anderes? Das Gericht muss entscheiden, ob der Angeklagte die Tat begangen hat oder nicht. Dafür müssen die Richterinnen und Richter sich alle Beweise anschauen, die für oder gegen ihn sprechen. Weil das Verfahren nach ziemlich komplizierten Regeln gestaltet ist, braucht der Angeklagte bei schweren Taten einen Verteidiger, der genau weiß, wie alles abläuft. Er berät den Angeklagten und passt auf, dass seine Rechte eingehalten werden. Die Gegenseite, also der Staatsanwalt, ist in echt nicht so parteiisch, wie Torben es war. Seine Aufgabe ist es, die Wahrheit zu finden, nicht unbedingt, eine Verurteilung zu erreichen. Das ist in vielen Fernsehserien anders. Die

kommen meist aus den USA, und da läuft das Verfahren nicht so ab wie bei uns. Dort kämpfen Verteidigung und Anklage gegeneinander und versuchen, eine Jury zu überzeugen, die dann auch das Urteil fällt. Die Jury besteht aus ganz normalen Bürgerinnen und Bürgern. Der Richter hat dort vor allem die Aufgabe, die Verfahrensregeln einzuhalten. „Einspruch, Euer Ehren!" oder auch den Hammer, den Marie mitgebracht hat, gibt es in den USA, in Deutschland aber nicht.

Wer entscheidet?

Ein Strafgericht kann in Deutschland aus einem einzelnen Richter bestehen, wenn es um kleinere Straftaten geht. Je schwerer die Tat, desto mehr Richter. Manchmal sind es drei, manchmal sogar fünf, die gemeinsam das Urteil fällen. In solchen Fällen sitzen auf der Richterbank nicht nur Juristen, sondern auch Schöffen. Das sind ganz normale Bürgerinnen oder Bürger, die zusammen mit dem Richter über den Fall entscheiden. Die Schöffen können den Richter dabei sogar überstimmen, was aber eher selten vorkommt. In unserem Grundgesetz wird das Recht auf den *gesetzlichen Richter* garantiert. Das bedeutet, dass genau festgelegt ist, welches Gericht und welcher Richter für welchen Fall zuständig ist. Niemand kann sich einen bestimmten Richter wünschen oder einem Angeklagten einen besonderen Richter zuteilen. Zum Recht auf den gesetzlichen Richter gehört auch, dass der Richter nicht *befangen* sein darf. Wenn der Richter zum Beispiel mit dem Angeklagten verwandt oder mit dem Opfer gut befreundet ist, oder wenn der Richter sich auf eine Art und Weise verhält, dass der Eindruck entsteht, er kann den Angeklagten nicht leiden – dann ist der Richter befangen und darf in dem Fall nicht entscheiden. Denn man

hat Sorge, dass er dann nicht wirklich unparteiisch ist. Auch Marie wäre vermutlich keine gute Richterin gewesen. Die Wut über die gestohlenen

Brote hätte es ihr schwer gemacht, in Konrad nicht gleich den Täter zu sehen. Im Fall der Befangenheit wird dann nach feststehenden Regeln ein anderer Richter für das Verfahren bestimmt.

Was ist das mit den schwarzen Umhängen?

Vor Gericht tragen die Richter, der Staatsanwalt und der Verteidiger lange schwarze Mäntel, die man *Roben* nennt. Das sind keine Vampirkostüme, sondern es ist eine Amtstracht, die die Würde des Gerichts unterstreicht und optisch klarmacht, welche Personen im Gerichtssaal die wichtigsten Funktionen haben. Gleichzeitig verdeckt die Robe auch die Kleidung, um zu zeigen, dass man vor Gericht nicht als Privatmensch auftritt, sondern als Vertreter des Rechts.

War das Absicht?

Im Strafrecht kommt es nicht nur darauf an, was jemand getan hat, sondern auch darauf, warum. Schließlich kann es auch passieren, dass man aus Versehen ein fremdes Supersandwich isst oder dass man aus Unachtsamkeit das Fahrrad eines Freunds beschädigt. Das ist dann nicht strafbar, weil man nicht vorsätzlich gehandelt hat. Bei einigen Straftaten gibt es aber auch die Möglichkeit, jemanden wegen *Fahrlässigkeit* zu bestrafen, zum Beispiel, wenn man aus Versehen einen anderen Menschen verletzt. Es kommt dann darauf an, ob man die Verletzung hätte vermeiden können und ob man sich sorgfältig verhalten hat oder nicht. Schwerer bestraft wird aber immer der *Vorsatz*, also wenn der Täter absichtlich einer anderen Person geschadet hat oder wenn

es ihm zumindest völlig egal war, ob ein Schaden entsteht oder nicht. Das Gericht muss also nicht nur herausfinden, was ein Angeklagter gemacht hat, sondern auch, was er dabei dachte und wollte.

Kommt jeder Täter ins Gefängnis?

Es gibt ganz unterschiedliche Strafen – das Gefängnis, also der *Freiheitsentzug*, ist nur eine davon. Das Gericht kann zum Beispiel auch eine Geldstrafe verhängen. Und jugendliche Täter können statt einer Strafe zu *Sozialstunden* verurteilt werden. Sie müssen dann für eine bestimmte Anzahl von Tagen gemeinnützige Arbeit leisten, zum Beispiel in einem Krankenhaus oder Kinderheim. Wenn ein Täter zwar eine Gefängnisstrafe erhält, diese aber weniger als zwei Jahre lang ist, kann die Strafe zur Bewährung ausgesetzt werden. In dem Fall muss der Täter nicht

ins Gefängnis, sondern kann sein normales Leben weiterführen. Allerdings muss er sich für mehrere Jahre absolut korrekt verhalten, was von Bewährungshelfern überwacht wird. Wenn er sich in dieser Zeit wieder etwas zuschulden kommen lässt, wird die Haftstrafe doch noch fällig.

Kann man sich gegen ein Urteil wehren?

Sehr häufig sind entweder der Angeklagte oder der Staatsanwalt oder manchmal auch beide mit dem Urteil unzufrieden. Vielleicht denkt der Verurteilte, dass er in Wahrheit gar nichts Schlimmes gemacht hat und dass das Gericht sich täuscht. Oder er findet die Strafe zu hart oder ist der Meinung, dass im Prozess irgendetwas nicht korrekt gelaufen ist. Der Staatsanwalt denkt vielleicht, dass die Strafe zu milde ist oder dass der Richter bei der Urteilsfindung das

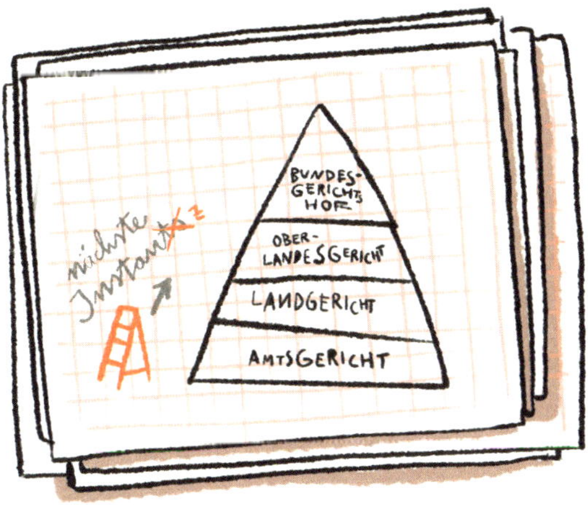

Gesetz falsch angewendet hat. Dafür gibt es die *nächste Instanz* – ein höheres Gericht, das unter bestimmten Umständen noch einmal über den Fall entscheidet. Die Anrufung des nächsthöheren Gerichts nennt man *Berufung*, wenn noch einmal alle Beweismittel geprüft werden, oder *Revision*, wenn das Gericht nur noch die richtige Anwendung des Rechts kontrolliert. Daran sieht man, wie ernst es uns mit der Wahrheitsfindung vor Gericht ist. Wir wollen niemandem unrecht tun und schon gar nicht einen Unschuldigen ins Gefängnis sperren.

Woher kommt die Strafbarkeit?

Was strafbar ist, legen unsere Strafgesetze fest. Bestraft wird zum Beispiel, etwas zu stehlen, einen anderen zu schlagen oder eine fremde Sache kaputt zu machen. Wer es trotzdem tut, der muss im Zweifel vor Gericht. Strafgesetze werden vom Gesetzgeber beschlossen, also von den Abgeordneten, die von den Bürgerinnen und Bürgern gewählt wurden. In einem Rechtsstaat kann man sich darauf verlassen, dass die Gesetze für alle (einigermaßen) verständlich sind und dass nur das bestraft wird, was auch so im Gesetz steht. Das sagt sogar unsere Verfassung. Wenn

zum Beispiel der Diebstahl nicht als Straftat im Gesetz stehen würde, dann dürfte man einen Brotdieb auch nicht verurteilen. Und man dürfte auch nicht schnell ein Gesetz machen, das rückwirkend den Brotdiebstahl für strafbar erklärt.

Wer wird bestraft?

Und was ist jetzt eigentlich mit Hartmut Hund? Kann der bestraft werden? Früher hat man das mit Tieren tatsächlich gemacht, da wurden Pferde, Schweine oder sogar Elefanten verurteilt, weil sie etwas kaputt gemacht oder einen Menschen verletzt hatten. Heute hängt die Strafe von der Schuldfähigkeit ab, also davon, ob jemand überhaupt verstehen kann, dass er etwas

falsch gemacht hat. Bei Tieren ist das nicht der Fall, deshalb werden sie nicht bestraft. Auch Kinder unter 14 Jahren sind nicht *strafmündig*, weil sie die Folgen ihres Handelns noch nicht voll überblicken können. Konrad hätte also nicht vor ein echtes Gericht gestellt werden können. Das heißt aber nicht, dass man unter 14 lauter dumme Sachen machen darf! Anständiges Verhalten ist keine Frage der Strafandrohung. Die meisten Kinder und Erwachsenen halten sich an die Regeln, weil sie verstehen, dass das Zusammenleben dann am besten funktioniert.

DANKE SCHÖN

Die Meinungen und Einschätzungen unserer Testleserinnen und -leser waren sehr wichtig für uns. Vielen lieben Dank an Clara, Franz, Linus, Lotti, Marie und Miriam!

Elfi danken wir für den Impuls zu diesem Buch!

Ganz herzlichen Dank auch an alle Lehrerinnen und Lehrer da draußen, die einen der wichtigsten Berufe der Welt machen – leider oft unter ziemlich schwierigen Bedingungen.

Lenas Dank gilt Anne Jule und Benni, Cora, Fee, Jule, Käthe, Kathrin und Philipp. Außerdem ihrer Nachbarin Barbara für die selbst gebackenen Brötchen. Es ist so viel leichter, ein Buch über Supersandwiches zu zeichnen, wenn man satt ist.

Und natürlich Marlen Bialek fürs gemeinsame Lesen, Gucken und Tüfteln.

Elisa Hoven ist Professorin für Strafrecht an der Universität Leipzig und Richterin am Sächsischen Verfassungsgerichtshof. Sie hat fünfjährige Zwillinge, die große Fans von Hartmut Hund sind. Weil sie trotz Beruf und Familie nicht ausgelastet ist, schreibt sie manchmal Bücher, in denen es um das Recht geht.

Juli Zeh ist Schriftstellerin und außerdem Richterin am Verfassungsgericht Brandenburg. Sie verdient die Brötchen und schmiert sie meistens sogar noch selbst, außerdem kann ihr Pferd seitwärts über Kreuz laufen. Sie hat zwei Kinder, die ihre Mutter so gut kennen, dass sie gleich wussten, wer der Täter war.

Lena Hesse illustriert seit über 10 Jahren Bücher für Kinder. Am liebsten zeichnet sie Hunde, darum hofft sie auf einen Spin-off von „Der war's" mit Hartmut Hund in der Hauptrolle. Sie lebt eigentlich in Berlin, hat dieses Buch aber in ihrem Schrebergarten in Brandenburg gezeichnet, mit Blick auf Petersilie, Möhren und Rote Beete.

MAGISCHE TIERFREUNDE

Band 1:
DIE SCHULE DER MAGISCHEN TIERE
ISBN 978-3-551-65271-3

Band 2:
VOLLER LÖCHER!
ISBN 978-3-551-65272-0

Band 3:
LICHT AUS!
ISBN 978-3-551-65273-7

Band 4:
ABGEFAHREN!
ISBN 978-3-551-65274-4

Band 5:
TOP ODER FLOP!
ISBN 978-3-551-65275-1

Band 6:
NASS UND NASSER
ISBN 978-3-551-65276-8

Band 7:
WO IST MR. M?
ISBN 978-3-551-65277-5

Band 8:
VOLL VERKNALLT!
ISBN 978-3-551-65278-2

Band 9:
VERSTEINERT!
ISBN 978-3-551-65279-9

Band 10:
HIN UND WEG!
ISBN 978-3-551-65280-5

Band 11:
WILDER, WILDER WALD!
ISBN 978-3-551-65361-1

Band 12:
VOLL DAS CHAOS!
ISBN 978-3-551-65362-8

WWW.CARLSEN.DE

CARLSEN

ACH DU SCHRECK!

Margit Auer
DIE SCHULE DER MAGISCHEN TIERE 14: ACH DU SCHRECK!
Mit Bildern von Nina Dulleck
Hardcover
240 Seiten
ISBN 978-3-551-65364-2
Auch als E-Book erhältlich
Erscheint September 2023

IN DER WINTERSTEINSCHULE SPUKT ES! Mitten in der Nacht kracht, klappert und krawummst es in den Gängen und Klassenzimmern. Der Hausmeister zittert vor Schreck und Kater Karajan maunzt leise: »Mondiö!« Und dann sorgt auch noch das Halloween-Fest für Unruhe. Die magischen Tiere helfen der Klasse von Miss Cornfield beim Schmücken und Vorbereiten und tuscheln über die Frage: Wer tanzt mit wem? Und vor allem: Wer bekommt als Nächstes ein magisches Tier?

Kennst du schon den Carlsen-Newsletter?
Auf www.carlsen.de anmelden und tolle Lesetipps erhalten

FSC
www.fsc.org
MIX
Papier | Fördert gute Waldnutzung
FSC® C018236

AUCH ALS HÖRBUCH BEI SILBERFISCH

Wir produzieren nachhaltig
- Klimaneutrales Produkt
- Papiere aus nachhaltigen und kontrollierten Quellen
- Hergestellt in Europa

Originalausgabe

Text: Elisa Hoven & Juli Zeh
Umschlag- und Innenillustrationen: Lena Hesse
Lektorat: Marlen Bialek
Satz und Produktionsmanagement: Constanze Hinz
ISBN 978-3-551-65308-6

Noch mehr schöne Bücher findest du auf
www.carlsen.de